暴君との素敵な結婚生活

宮野美嘉

小学館ルルル文庫

ルナリア・ノエル
ワーゲン伯爵家の娘。十八歳。
天文学がなによりも好き。
父親の命令でラドフォール
伯爵家へ嫁ぐことに。
ヴォイド・カイザーク
ラドフォール伯爵家当主。
冷酷な暴君として、領民からも
屋敷の使用人からも恐れられている。

暴君との素敵な結婚生活
登場人物紹介
シグ
ルナリアと仲良しの天文学者。二十二歳。
アストラス
ルナリアの師である高名な天文学者。
メレディア・ノエル
ルナリアの母。童顔の美女。
テオルード・ノエル
ワーゲン伯爵。ルナリアの厳格な父。

目次

イラスト／高星麻子

暴君との素敵な結婚生活

序章

紅葉が美しく色づく秋の朝——ルナリアは純白の花嫁衣装に身を包み、自室の窓から外を見ていた。

十八になったばかりの花嫁だ。華奢《きやしや》な肢体《したい》に纏《まと》うのは、純真を色で表したかの如《ごと》き真白い花嫁衣装。窮屈《きゆうくつ》そうに結《ゆ》い上げた金色の髪には花飾《はなかざ》りがあしらわれている。

本来ならば恥《は》じらいと輝《かがや》きに満ちた一日になるべき、嫁入りの日だ。しかし、ルナリアの姿には花嫁の喜びなど微塵《みじん》も感じられず、険しい決意の表情を浮《う》かべていた。

よし……逃げよう……！　これが最後の機会だ！

二十四回目の覚悟《かくご》を決め、ルナリアは窓を開け放った。

隠《かく》しておいたロープを窓から垂らし、花嫁衣装のままそれを伝って庭園に下りる。

上品に整えられた広い庭園を全力疾走《しつそう》して、門を目指していると——

「ルナリア！」

後ろから名前を呼ばれて飛び上がった。走りながら振《ふ》り返ると、想像通りそこにいたのは厳格な雰囲気《ふんいき》を持つ壮年《そうねん》の男だった。

ルナリアの父であり、ハインランドの西方に位置するワーゲン地方の領主、ワーゲン伯爵《はくしゃく》テオルード・ノエル。普段は厳格で落ち着き払《はら》った雰囲気の父であるが、花嫁衣装で逃亡《とうぼう》を図《はか》る娘を見つけ、すぐさま追いかけてくる。

「見逃《みのが》してください！　お父様！」

ルナリアは必死に叫《さけ》んで逃げ続けたが、花壇《かだん》の端《はし》に足を引っかけ花の中に転がり、あえなく追いつかれてしまった。

「これでもう二十四回目だ。何度逃げたら気が済む。いいかげん諦《あきら》めなさい」

テオルードは花の中に突《つ》っ伏《ぷ》した娘の腕を引っ張って抱《だ》き上げると、荷袋《にぶくろ》を運ぶように肩へ担《かつ》いだ。

「放してください！　嫌です！　ラドフォールへは行きたくない！　あんな恐《おそ》ろしい噂《うわさ》のある土地へ嫁《とつ》ぐなんて嫌です！」

ルナリアは肩に担がれたまま往生際《おうじょうぎわ》悪く暴れて逃げようとするけれど、テオルードはびくともせず冷静に聞いてきた。

「ならばどうすると？　一生嫁に行かないつもりか？」

「……その方がずっといいです。一生独り身だって私は何も困りません。娘は病弱でとても遠くへ嫁ぐことなど出来ないと、お断りしてください！」

足をじたばたと動かしながら言う娘に、父は呆《あき》れたため息をつく。

「ろくに風邪《かぜ》も引いたことがないくせに、何が病弱だ。お前はラドフォール伯爵に嫁ぐ。それは絶対だ」

厳しく言いながら父は庭園を歩いた。

「嫌です！　お父様の馬鹿《ばか》！」

ルナリアは担がれたまま父の背中をぽかすか叩《たた》いた。それでもテオルードは足を緩《ゆる》めようとしない。そうして玄関近くまで運ばれたところで一人の女性が駆《か》けてきた。

「ルナ……大丈夫？」

幼げな顔立ちをした美しい女性だった。見た目はルナリアと変わらない年頃《としごろ》に思えるが、これでも四十を超《こ》えたルナリアの実母メレディアである。

「お母様……ルナをラドフォールへやらないでください……！」

すがるように伸《の》ばしたルナリアの手を握《にぎ》り、メレディアはおろおろした。

「あなた、ルナがこんなに嫌がっているわ。このお話はなかったことに出来ないの？　無理に結婚なんかしなくたって……」

メレディアは真摯《しんし》に夫へ訴《うった》えたが、テオルードは頑《がん》としてそれを拒《こば》んだ。

「馬鹿なことを言うな。これは両家の間で決定したことだ。ルナリアはラドフォールへ嫁ぐ。二度とこの家には戻《もど》らない」

一切の反論を許さぬ厳しい口調でそう言い、足を進める。メレディアは悲しそうな顔で娘の手を握ったままついてきた。

玄関の前には豪奢《ごうしゃ》な四頭立ての馬車が停《と》まっていた。白いリボンと花飾りを付けられたその馬車は花嫁を迎《むか》えるためのもので、艶々《つやつや》とした車体が朝日に輝いている。

父は最後の抵抗《ていこう》をする娘を馬車へ押《お》し込み、扉《とびら》を閉めた。

「この娘は脱走癖《だっそうへき》がある。目を離さないようにしてくれ」

外では父がラドフォール伯爵家からルナリアを迎えにきた執事《しつじ》にそう告げていた。

ルナリアは馬車の窓から顔を出し、表情を崩《くず》そうとしない父に叫んだ。

「お父様の分からず屋！　嫌いです！」

テオルードはやはり顔色一つ変えずにこちらを向いた。

「嫌いで構わないから最後ぐらい泣きやめ」

「ルナ……嫌になったらすぐに帰ってくるのよ」

「駄目《だめ》だ。帰ってくる必要はない」

ルナリアは赤い目で両親を見返し、何も言わずに馬車の中へ引っ込んだ。

戸惑《とまど》った様子の執事が乗り込み、馬車は屋敷《やしき》を後にした。

第一章　天文学者の花嫁

花嫁衣装に身を包み、ルナリアは馬車に揺《ゆ》られて嫁ぎ先へと運ばれる。

それがこの地方に伝わる婚礼の作法だ。花嫁は一人で婚家へ行き、晩餐《ばんさん》を開き、その翌朝教会で婚礼を行うのである。

ルナリア・ノエルの嫁ぐ相手が決まったのは、半年ほど前のことだ。相手はルナリアの生まれたワーゲン地方から遠く離れた北の地、ラドフォール地方の領主、ラドフォール伯爵。何代も前から度々《たびたび》婚姻《こんいん》を繰《く》り返して親睦《しんぼく》を図ってきた家だった。

ルナリアの母もラドフォール伯爵家から嫁いできた女性である。先代当主の従弟の娘だった母は、元々父と結婚する予定ではなかったらしいが、川で溺《おぼ》れていたところを助けられたのが縁《えん》で恋に落ち、父と結婚したのだという……。しかし母が嫁いで以来、ラドフォールとワーゲンはいささか疎遠《そえん》になってしまったらしく、この度ルナリアが両家の架《か》け橋としてラドフォールへ嫁ぐことになったのである。

それを聞いた時、ルナリアは最初ただ驚《おどろ》くばかりだった。何というか……自分を嫁にもらってもいいという男性がこの世にいることが驚きだったのだ。

ルナリアは自分が誰かを好きになることはないだろうと思っていたし、一生結婚する必要はないと考えていた。それが突然結婚……？　何だか相手に申し訳ないような気持ちになったのを憶《おぼ》えている。

いったいどんな人なのだろうか……？　気になってそれとなくメイド達に聞いてみて、ルナリアは信じられない噂を耳にした。自分の嫁ぐ相手であるラドフォール伯爵がどんな人であるか……それを知り、とてもそんな相手には嫁げないと考えた。

しかし、ルナリアがどれだけ結婚を拒んでも父が決定を覆《くつがえ》すことはなく、ならばどうにかして逃げなければと必死になって……それでも逃げることは敵《かな》わなかったのだ。

両親は好きな相手と結婚して仲むつまじく暮らしているのに、ルナリアは望まない相手に嫁がされるなんて理不尽《りふじん》過ぎる。そうは思うけれど、迎えの馬車に乗ってしまった以上、もう逃げるわけにはいかない。

ふと気付くと、向かい合って座る壮年の執事が心配そうな顔をしていた。

「……逃げようとなさった気持ちはお察しします。ラドフォール伯爵の噂を耳にされてしまったのですね……？」

気遣《きづか》わしげに言われ、ルナリアは彼の言葉の意味を解して頷《うなず》いた。

「はい……噂は聞いています。恐ろしいことだと思いました」

「信じがたいことかもしれませんが……事実なのです。奥様には辛《つら》くとも耐《た》えてもらわねばなりません。この婚姻は両家を繋《つな》ぐために必要なものなのですから……」

この執事は自分を案じているのだ——それが分かってルナリアは小さく微笑《ほほえ》んだ。

「心配しないでください。諦めたわけではないんです。誰に嫁ごうと、私は何一つ変わりません」

ルナリアは膝《ひざ》の上で拳《こぶし》を握り、はっきり言った。

ワーゲン伯爵の娘である前に……ラドフォール伯爵の婚約者である前に……貴族である前に……女性である前に……人である前に……

「私は——天文学者です」

幼い頃、天文学を志《こころざ》すと決めた。その日から、ルナリアは自分を天文学者だと思っている。己《おのれ》が何者であるかを決めるのは、己の言葉と覚悟だけだ。ルナリアは生涯《しょうがい》天文学を学び続けると覚悟し、自らの言葉で天文学者だと名乗る。他の誰かが与えた肩書はルナリアのものではない。

「天文学者……？」

「はい……ですから私は、ラドフォール伯爵の妻になるのに最もふさわしくないのだろうと思います。ラドフォール伯爵は……天文学を禁じているのでしょう？」

ルナリアがメイドから聞いた噂がそれだった。ラドフォール地方は北の地にあり、空気が澄《す》んでいて天体観測に向いている。それなのに、どういうわけかラドフォール伯爵は領内での天文学を禁じているのだ。自分の嫁ぐ相手がそんな人だと知って、ルナリアがどれほど驚愕《きょうがく》したか誰にも分かるまい。あまりに嫌がるルナリアを諦めさせるため、父はとうとう天文学の道具を全て処分してしまった。

「ジョニー……メイ……」

大事に大事に使ってきた道具の名前をつぶやき、思わず涙ぐむ。

そんなルナリアを見つめ、執事は何故《なぜ》かぽかんとしていた。

「……それ以外の噂はご存じないのですか？」

「それ以外……？　いえ、私は世事に疎《うと》いので、あまり細かな噂は知りません」

その答えを聞き、執事はほっと安堵《あんど》の表情に変わる。

それ以外の噂……いったい何の噂なのだろう？

領内での天文学を禁じているというラドフォール伯爵……ルナリアは彼がどんな人なのか全く知らない。分かっているのは、自分が夫となる人と仲良くするのは難しいに違《ちが》いないということだけだ。

逃げることは敵わなかったが、ルナリアは天文学をやめるつもりは更々《さらさら》ない。禁じられた学問を、今後は細々と続けていくことになる。

妻に迎えた女がそんな人間だと知ったら……ラドフォール伯爵はきっとルナリアを嫌いになるだろう。ルナリアだって、天文学を拒む人に好意を持つのは難しい。

最初、自分が結婚すると知った時は、どうせならお父様とお母様みたいな仲の良い夫婦になりたいと思ったけれど……これればかりは仕方がない。

好かれなくても、せめて邪魔《じゃま》にはならない妻でいよう。傷付け合わず、穏《おだ》やかに暮らしていければいい。それだって、すごく大事で難しいことに違いないのだから……。

そう決意し、ルナリアは馬車の窓から流れる景色に視線を送った。


そして五日の時をかけ、ルナリアはラドフォール伯爵家の屋敷に到着した。

田園地帯を抜《ぬ》けた先にある広大な屋敷は、薔薇《ばら》を模した飾《かざ》りのある鉄柵《てっさく》に囲まれた果てのないほど広い庭園を有していた。

馬車の窓から外を覗《のぞ》くと、日が暮れた庭園にはランプの明かりが灯《とも》されていて、丹《たん》念《ねん》に整えられた花壇や、天使の像が中央に据《す》えられた立派な噴水《ふんすい》が見える。

そして石畳《いしだたみ》が敷き詰《つ》められた通路の先に、豪奢な屋敷がそびえたっているのだった。

ルナリアは馬車から下り、ふと空を見上げて瞠目《どうもく》する。満天の星が瞬《またた》いていた。話に聞いていた通り空気が澄んでいるのだ。星空に心を奪《うば》われていると、

「ようこそおいでくださいました」

ルナリアをここまで連れてきた執事がかしこまって言い、開いた屋敷の扉の向こうへ誘《いざな》った。玄関ホールにはずらりと使用人達が並び、ルナリアを出迎えている。

屋敷の中は眩《まばゆ》いくらいの明かりが灯されていて、きらきらと光が零《こぼ》れていた。輝《かがや》くシャンデリアに手入れの行き届いた上質な家具、正面の磨《みが》き抜かれた猫脚《ねこあし》の台には上品な白磁の花瓶《かびん》が置かれ、歓迎《かんげい》するように色取り取りの花々が活《い》けられていた。

「奥様、お部屋にご案内いたします」

執事の言葉に促《うなが》され、ルナリアは歩き出した。なにやら痛ましいものを見るような使用人達の間を抜け、階段を上り、廊下《ろうか》を進む。

案内されたのは二階の南側にある部屋だった。

両開きの大きな扉を開け放つと、可愛《かわい》らしい小花の描《えが》かれた壁紙《かべがみ》の部屋に通される。広々とした二間《ふたま》続きの部屋は居室と寝室《しんしつ》に分かれ、凝《こ》った細工の机や、白く艶々に塗《ぬ》られたチェストなど、磨き上げられた一級品の家具が並んでいた。これ以上ないくらいに贅《ぜい》をこらした部屋だ。それでもルナリアが本当にほしいものはない。

悩ましげなため息をついたその時、執事《しつじ》が気遣うように言った。

「奥様、どうか気を落とされませんよう……。必要なものがあればおっしゃってください。旦那様《だんなさま》からは、奥様のお望みのまま、何でも必要なものを用意するよう言いつかっております」

その言葉を聞いた瞬間、ルナリアはぱちくりとした。何でも――？

「実は……旦那様は急な仕事で数日間お戻りになりません。その間、奥様が淋《さび》しい思いをなさらないよう我々は命じられておりますので……」

どことなく言いにくそうに言葉を紡《つむ》ぐ執事を疑《うたぐ》るように見つめる。

「それは……本当ですか？」

「は……大変申し訳ありませんが、どうしても急な仕事で……婚礼は先に延ばしていただきたいと……」

「いいえ、そうではなくて……」

一瞬ざわついた心を穏やかに保ち、ルナリアは難しそうに眉《まゆ》を寄せて僅《わず》か思案すると、首をかしげた。

「本当に、私の望みのものを『何でも』用意してくださると……？」

真剣《しんけん》な眼差《まなざ》しのルナリアを見て、執事はようやく表情を緩《ゆる》めた。

「ええ、ええ、もちろんです。新しいドレスや靴《くつ》など好きなだけ用意いたしますし、退屈《たいくつ》の慰《なぐさ》めになる小動物やポニーでも……」

「ですが……」

と、ルナリアは寝室の机の上に置かれたメモに、綺麗《きれい》なガラスペンとインクで文字を書きつける。職人技で作られたガラスペンの先端《せんたん》が流麗《りゅうれい》な文字を生み出した。

「こういったものはいけませんよね……？」

ルナリアは書き終わった紙を執事の眼前に差し出す。

「?? これは……ええと……何ですか？」

執事は紙を手に取ると、困ったように首を捻《ひね》った。

アストロラーベ。六分儀《ろくぶんぎ》。天球儀。望遠鏡。測光計。クロノメータ。ディバイダー。ビームコンパス。折りたたみ式定規。などなど……

紙に書かれているのは様々な道具の名前だ。そしておそらく、ほとんどが一般《いっぱん》には知られていないに違いなかった。

「天文学の道具です」

「はあ……天文学の……承知しました。お望みとあらば用意いたしましょう」

胸に手を当ててあっさりと応じる執事を見やり、ルナリアは目を真ん丸にする。

「ちょっと待ってください。天文学の道具ですよ？　この地では天文学が禁じられているのではないのですか？」

「旦那様は、奥様が不自由なさらないよう全ての望みを叶えるようにと仰《おお》せでした。満足いく環境《かんきょう》で快適に過ごしていただき、喜んでほしいと仰せでした。旦那様は奥様のお心を何より慮《おもんぱか》っておられるご様子。これで奥様が喜んでくださるなら、旦那様はお許しになるかと……」

　それを聞いた瞬間、ルナリアの頭の中にあった先入観がぐにゃりと歪《ゆが》んだ。

　ラドフォール伯爵《はくしゃく》は天文学を禁じている。当然天文学者であるルナリアのことも嫌うだろうと思っていた。それなのに……ルナリアの意思を最優先にしてくれるなんて……。それはつまり、彼が妻であるルナリアと良好な関係を築こうとしているということだ。まだ見ぬ妻に対して、誠意を表してくれたのだ。

「ラドフォール伯爵様は……もしかするとずいぶんお優《やさ》しい方なのでしょうか……」

　ルナリアが困惑《こんわく》気味に呟《つぶや》いた途端《とたん》、

「えっ……!?　や、優しい……!?」

　何故か執事は狼狽《うろた》えた声を上げる。

「違いましたか？」

「え、いや……ええと……旦那様は少々難しいところのあるお方ですが……それでも、奥様に気を遣《つか》っておいでです」

　答えになっていない答えを聞きながら、どうしてこの人はこんなに汗をだらだらかいているのだろうかとルナリアは不思議に思った。今は晩秋だというのに……

　執事は胸ポケットのチーフで汗を拭《ふ》いた。

「こちらに書かれた品は早急に手配いたします。今日はもうお休みください」

「はい、ありがとうございます」

　ルナリアはにこっと笑って答えた。

　執事はそんなルナリアを何故だか悲しげな目で見やり、パンパンと手を叩《たた》いた。すると、その音を聞いてメイド達が部屋に入ってくる。見目麗《みめうるわ》しく若い女性が五人程《ほど》。パリッと糊《のり》のきいた真っ白い絹のエプロンをつけている。

「奥様、お召替《めしか》えの手伝いをいたします」

　メイド達は柔《やわ》らかな声で告げると、寝室できぱきと支度《したく》を始めた。

　花嫁衣装を脱《ぬ》いで真新しい薄 紫《うすむらさき》のガウンに着替《きが》えさせられると、メイドの一人が言った。

「奥様、私達に何でもお言いつけください。明日は何をなさりたいですか？　観劇でも舟遊《ふなあそ》びでも構いませんし、庭師が丹精《たんせい》込めて作った薔薇園を散歩するのも素敵ですよ。どうぞ何なりと……」

慇懃《いんぎん》に提案され、ルナリアは外に出て星を眺《なが》めたいと思った。けれど……今はまだ我慢《がまん》だ。それが叶うなら、みんなと一緒《いっしょ》がいい。

だからその日は大人しくベッドに入って休むことになった。


ルナリアの望みが叶ったのは、それから二日後のことである。

自分の部屋にいたルナリアのもとに、執事のスライディーがやってきた。

「奥様、お待たせいたしました。ご要望の品でございます」

執事が後ろに合図すると、数人の使用人達が様々な道具を抱《かか》えて部屋に入ってくる。

それらは皆、ルナリアがよく知った道具だった。

ルナリアは頰《ほお》を押《お》さえ、きらきらと目を輝かせて叫《さけ》んだ。

「ジョニー！　ルドハッサン！　タムジー！　メイ！」

ぎょっとするメイドの横を通り抜け、床に置かれたそれらの道具に抱《だ》きつく。

「あの……奥様……ジョニーというのは……？」

「この子の名前です。いえ、ジョニーはお父様に捨てられてしまいましたから、この子はジョニー二世です」

ルナリアが抱えているのは精密な部品を組み合わせた真鍮製《しんちゅうせい》の円盤《えんばん》――アストロラーベだった。冷たい金属に額をくっつけ、ルナリアは深く息をついた。

「私は……旦那様に謝らなくてはいけません。良好な関係を築くのは無理だと、最初から諦《あきら》めていたんです。けれど……旦那様はきちんとこちらに歩み寄ってくださった。旦那様は……お優しい方なのですね」

物言いたげに顔を見合わせている使用人達の中、ルナリアはアストロラーベを抱きしめたまま顔を上げた。

「天体観測がしたいです。空がよく見える場所を教えてください」

執事はそんなルナリアを、思い詰めた眼差しで見つめていた。

ルナリアがラドフォール伯爵家に嫁《とつ》いで五日が経《た》っても、屋敷《やしき》の主《あるじ》は戻《もど》ってこなかった。その間、ルナリアは毎晩屋敷の屋上へ出ては、もらった道具で天体観測をして過ごした。
天文学狂《きょう》の奥様――この数日の間で自分が使用人達から密《ひそ》かにそう呼ばれるよう

になっているのをルナリアは知っている。好意的な響《ひび》きのこもる声でそう言われるのは何だか嬉《うれ》しかった。

「旦那様はいつお帰りになるのでしょうね？」

大事な小型望遠鏡パトリック三世を抱えて夜の屋上に出ると、ルナリアは後ろから他の道具を持ってついてきた執事のスライディーと、ルナリアの世話をしてくれるメイドのタビサに尋《たず》ねた。

「まだ数日かかるかと……」

「そうですか……早くお会いしたいです」

そう言いながらルナリアは望遠鏡を下ろした。

夫であるラドフォール伯爵は、まだ見ぬ妻に対して優しく誠実な対応をしてくれた。良好な夫婦関係を築こうとしてくれた。ならばルナリアはそれに応《こた》えなくては……

「私は旦那様好みの良い妻になって、仲の良い夫婦になろうと思っているんです」

胸の前でぐっと拳《こぶし》を握《にぎ》りしめてそう宣言した途端、タビサは持っていた道具を落としかけた。

「ああ！　メイ二世とルイーザを落とさないでください」

ルナリアは慌《あわ》ててタビサの手の中にある道具を支えた。

「申し訳ありません、奥様。こちらに置いておきます。それにしても……奥様は本当に天文学がお好きでいらっしゃいますね。道具に名前を付けてしまうなんて……全部に名前を付けなければいけない理由が何かあるんですか？」

何やら誤魔化《ごまか》すように話題を変えられ、ルナリアは首をかしげた。

「付けなければいけない理由はありません。ただ、付けたいと思うから付けるんです。だって、私は『人間』と呼ばれるより、『ルナリア』や『ルナ』と名前で呼ばれた方が嬉しいですから。道具だって名前で呼ばれた方が嬉しいのじゃないかと思って」

「え？　道具に心なんてありませんよ」

タビサは苦笑しながら言った。

「そうでしょうか？　毎日ともに過ごして私の研究を手伝ってくれる大事な道具です。念入りに手入れしているうちに心が宿るかもしれませんよ」

にこっと笑ってルナリアは返す。対するタビサの顔はやや困ったものになっていた。

「まさか……道具に心なんてありません」

「そうですね、そうかもしれません。でも――道具に心なんてない――と証明出来た人はこの世に存在しませんよ？　少なくとも私はこの道具達に心がないことを証明出来ません。『ない』ことを証明するのは『ある』ことを証明するより遥《はる》かに困難ですから。だから私は、この子達にも心があるかもしれない——と思うんです。そう思えたら、道具はより愛《いと》おしくなります」

「……目に見えないものを信じるなんて、私達にはとても……」

「でも、誰だってそうではありませんか？　目に見えないものを信じて生きているでしょう？」

ルナリアは屋上から見渡《みわた》せる夜の景色の向こう側に目を凝《こ》らす。

「あの山の向こうに何があるのかここからでは見えませんよね。それなのに、私達は山の向こうにも世界があると信じて生きています。本当は、あの山の向こうに世界なんてないかもしれないのに……。自分の目には見えないものを、当たり前に『ある』と信じてみんな生きているでしょう？　人間って不思議ですよね」

それを聞いたタビサは今度こそ呆《あき》れ返った顔をして……ふふっと笑った。

「おかしな奥様。さあ、今日も思う存分星を観測してくださいませ」

その笑顔につられてルナリアもにこっと笑う。

「はい、今は火星の軌道《きどう》を計測しているところなんです。火星の二重周転円モデルはすでに解かれていますが、それは地球中心ですから太陽中心で考えて離心円の……」

「ああ、奥様……私達には何も分かりません。お許しくださ い」

　タビサは困ったように首を振《ふ》った。その姿を見て、ルナリアはふと心配になる。

「……もしかして旦那様《だんなさま》は、私が天文学の話をしたら嫌がるでしょうか？」

　自分の口から出てくる言葉のほとんどは天文学だから、話が出来なくなってしまうと困る……。

「優しい旦那様は直接嫌だとはおっしゃらないかもしれませんが、嫌な思いをさせてはいけませんよね」

　考え込んでしまったその時——

「奥様……少しお話ししたいことがございます」

　今まで神妙《しんみょう》な面持《おもも》ちで黙《だま》っていた執事《しつじ》のスライディーが重い口を開いた。

「？　はい、何でしょうか？」

　小首をかしげながらルナリアは執事の方へ体を向けた。スライディーはぴんと背筋を伸《の》ばして僅《わず》かに躊躇《ちゅうちょ》し——言った。

「旦那様は……奥様の思うようなお優しい方ではありません」

　その瞬間、メイドの表情が明らかに強張《こわば》った。

　ぱちくりとするルナリアに、スライディーは重々しく告げる。

「ラドフォール伯爵家を支配してきた領主は……代々暴君なのです」

「……………」

あまりにも唐突《とうとつ》に突《つ》きつけられたその言葉の意味をきちんと把握《はあく》することが出来ず、ルナリアは無言で執事を見つめ返した。

「もっと早く申し上げるべきでした。旦那様がお戻りになる前に、我々は奥様の誤解を解いておくべきだと結論したのです」

彼は苦渋《くじゅう》の決断というような厳しい表情で言葉を重ねた。

「少し前のことからお話ししましょう。先代当主ガルヴァン・カイザーク様のことです。かのお方は、気に入らない使用人や逆らった領民に対しては容赦《ようしゃ》なく制裁を加え、時には命すら奪《うば》うような恐《おそ》ろしい方でした。そして、そのガルヴァン様に教育されて育ったのが、現当主でありあなたの夫君でもある、ヴォイド・カイザーク様なのです。ヴォイド様は祖父君の死によって、五年ほど前に爵位《しゃくい》を継《つ》がれました。御父上は病で命を落としておりますので……」

そこでスライディーは一度大きく深呼吸した。

「我々は支配者の交代に安堵《あんど》いたしました。しかし……すぐに驚愕《きょうがく》の事実を突きつけられたのです。旦那様が当主となって初めに行ったのは、使用人達のほとんどを解《かい》雇《こ》して領地から追い出すことでした。屋敷に残ることを許されたのは私を含《ふく》む僅かの者達だけです。それだけではありません。旦那様はそれまで懇意《こんい》にしていた商人や業者も一斉《いっせい》に切り捨てました。そこに至って我々はようやく気付いたのです。この若き当主は……悪魔と呼ばれた先代に容姿も性格も生き写しである――と」

執事の話はそこで途切《とぎ》れた。ルナリアは彼と彼の傍《かたわ》らにいるメイドを交互《こうご》に見やり、頭の中をぐるぐると混乱させた。彼が何を言わんとしているのか把握出来ない。

「……いずれ旦那様がお戻りになった時、奥様が旦那様を誤解したままでは必ず不和が生じることでしょう。覚悟《かくご》を決めておいていただきたいのです。ご自分が暴君に嫁いだのだということを……。この領内に旦那様を恐れていない者など一人としておりますまい。誰もが怯《おび》えながら、何一つ意見することも出来ずただ黙って耐《た》えているのです。奥様には厳しいことを申し上げるようですが……旦那様がいかに理不尽《りふじん》でも恐ろしくても、そこで泣いたり責めたりするようなことをしないでいただきたいのです。そんなことをすれば、旦那様はどれだけお怒《いか》りになるか分かりません。旦那様を優《やさ》しいと誤解すればするほど、後で傷付くことになります」

どうにか話を理解しようと頭を全力で回転させ、ルナリアは答えを出した。

「ええと……そうですね……旦那様が私に恐れられることをお望みならば、暴君に嫁いだのだと思うことにします。けれど今はまだ親切にしかされていませんから、優しい人だと思っていて構いませんよね？」

「奥様……私は冗談《じょうだん》を言っているわけではありません」

「え？　いえ、私も冗談を言っているわけではありませんが……」

ルナリアはゆっくりとまばたきする。

みんなが怖《こわ》いと言うから――というのは、ルナリアにとって恐れる理由にはならない。みんなが嫌っているから――という理由で何かを嫌うこともないし、みんなが好きだと言っているから――という理由で自分の好きなものが変わることもない。

みんな――は、自分ではない。

「つまり、スライディーは私を心配してくれているのですよね？」

にこっと笑いかけると、スライディーは毒気を抜《ぬ》かれたように表情を緩《ゆる》めた。

「……どうか今の話をお心に留めておいてください」

「はい、ありがとうございます」

「……では、あまり夜更《よふ》かしなさいませんように……」

にこにこ笑っているルナリアを残し、執事とメイドは屋上から屋敷《やしき》に戻った。

さて――今夜はどんな星が見えるだろうか――？

ルナリアは大きく深呼吸して空を見上げた。

その直後――ラドフォール伯爵家の屋敷に一台の馬車が到着した。

「旦那様がお帰りになりました！」

使用人達に主《あるじ》の帰還《きかん》が伝えられ、一同の間に緊張《きんちょう》が走った。

「まだ数日かかるはずでは？」

スライディーは痛む胃を押《お》さえながらも速《すみ》やかに玄関ホールへと向かう。

玄関ホールでヴォイドを出迎《でむか》えた使用人達は、主の顔を見た瞬間みな慄《おのの》いた。

これはいつにもまして機嫌《きげん》が悪い……そのことがありありと分かる渋面《じゅうめん》。

顔立ちは整っているがとにかく眼光が鋭《するど》い。周囲を見るその瞳《ひとみ》はまるで虫けらを見ているかのような冷たさを宿していた。長身で体つきはがっしりしている。二十五歳の若者だが、それより五つほど歳《とし》を重ねて見えた。身に着けている真っ黒なコートやブーツは伯爵に相応《ふさわ》しい最上級の品だというのに、それすら重苦しい要素となっている。全ての要素が相まって、見る者に恐ろしい印象を与えている男だった。

人生のほとんどを不機嫌に過ごしている気難しく短気な性格も、一睨《ひとにら》みで相手を黙らせる鋭い眼光も、祖父のそれと酷似《こくじ》している。

この豊かで広大な資源溢《あふ》れるラドフォールの地を治める伯爵は、莫大《ばくだい》な財と権力を有しており、それら全てがこの暴君一人の手に委《ゆだ》ねられているのだ。

逆らえる者などいない。ただ、黙って彼の怒りに触《ふ》れないよう過ごすしかない。

そうしていれば豊かで贅沢《ぜいたく》な暮らしだけは保障されるのだから……。

そう思い、使用人達は心を殺して黙々《もくもく》と仕えている。

「お帰りなさいませ、旦那様」

使用人達はいっせいに出迎えの言葉を告げた。

ヴォイドは冷ややかに彼らを見やり、中へと足を進める。

「留守の間に何かあったか」

聞く者を身震《みぶる》いさせる重く冷たい声がヴォイドの口から発せられた。

「……奥様が嫁《とつ》いでいらっしゃいました」

執事のスライディーが主の後ろを歩きながら答える。

使用人達は全員はっとして主人の反応をうかがった。

出発前、まだ見ぬ妻に向けてヴォイドが何と言ったか、使用人達はみなはっきりと憶《おぼ》えている。

『欲しがるものは何でも与えて、贅沢させて黙らせておけ。とにかく喜ばせてやればいい。不満を持たれて騒《さわ》がれるのは面倒《めんどう》だ』

酷薄《こくはく》にそう告げて、彼は屋敷を出たのだ。

スライディーはそれを最大限好意的に解釈《かいしゃく》してルナリアに告げた。それがヴォイドを優しいと感じさせてしまったのなら、この執事の落ち度であろう。

ヴォイドは立ち止まり、冷ややかな眼差《まなざ》しで使用人達を一瞥《いちべつ》する。

「結婚を嫌がって家出を繰《く》り返してきたとかいう女のことだな？」

その場の一同はぎくりとした。

「そ、それは、その……誤解です。奥様は当家に馴染《なじ》んでおられます」

「くだらん。どうでもいい」

ヴォイドは冷たく切り捨て、歩みを進めようとした。

「……恐れ入ります、旦那様……」

ルナリアが嫁いでから毎日彼女の世話をしているメイドのタビサが、決死の想《おも》いで声を発した。

「奥様が嫁いでいらして五日になります。すぐにでも婚礼をなさった方がよろしいかと……準備を進めてもかまいませんか？」

するとヴォイドは眼光鋭くタビサを見据《みす》えた。

「仕事が難航している。私は今、そんなくだらないことにかかずらっている暇《ひま》はない。

放っておけ」

「ですが……このままでは奥様がお気の毒です」

「タビサ！　控《ひか》えなさい！」

執事《しつじ》のスライディーが見かねて口を挟《はさ》んだが、すでに遅《おそ》かった。ヴォイドの表情は更《さら》に険悪さを増し、メイドを睨み殺さんばかりになった。

「気の毒？　何が気の毒だ？　花嫁が不満を持っているというのか？　私はそうならないよう贅沢させておけと言ったはずだ。それが出来ていないのなら、それはお前達の落ち度ではないのか？」

ぞっとするほどの威圧感《いあつかん》をもってヴォイドは言う。それでもタビサは懸命《けんめい》に訴《うった》えた。

「奥様は贅沢を望むような方ではありません」

「……何も欲しがらなかったというのか？」

「いえ、そういうわけではありませんが……」

「そうか、よく分かった。金で懐柔《かいじゅう》出来る程度の女もろくに抑《おさ》えられず、自分が誰に雇《やと》われているのかも忘れてしまったような無能な使用人はいらない。今すぐ荷物をまとめて出ていけ」

酷薄に言い捨て、ヴォイドは一瞬でタビサから興味を失ったように身を翻《ひるがえ》した。

使用人達はざわつく。タビサは真《ま》っ青《さお》になって凍《こお》り付いた。スライディーが彼女を庇《かば》ってヴォイドに耳打ちする。

「……旦那様《だんなさま》、タビサは奥様とよい関係を築いておりますし、優秀《ゆうしゅう》なメイドです。突然解雇するなど……」

「これ以上は話の無駄《むだ》だ」

ヴォイドの答えは冷たいものだった。タビサは震えながら主にすがる。

「……我が家に働き手は私一人しかおりません。旦那様……それだけは……！」

「そんなことは私の知ったことではない。今すぐ出ていけ」

玄関ホールはしんと静まり返った。異を唱える者など誰もおらず、まるで監獄《かんごく》のような冷たく無慈悲《むじひ》な沈黙が辺りを支配する。

「顔だけは見ておいてやる。ワーゲン伯爵の娘を部屋に連れてこい」

最後にそう告げるとヴォイドは執務室へ向かった。

スライディーは重い足取りで屋上へ行き、ランプと月光を頼《たよ》りにノートと睨み合っているルナリアに声をかけた。

「奥様、旦那様がお戻《もど》りになりました。会いたいと仰《おお》せですので、どうか屋敷へお入りください」

「………」

「奥様、奥様！　聞こえていらっしゃいますか？」

「ああ、はい聞こえています。手が離せませんので後にしてください」

スライディーはその答えに愕然《がくぜん》とし、幾度《いくど》か説得を試みたものの、ルナリアは顔を上げることさえしなかった。


スライディーは更に足取り重く執務室へ向かい、机に着いている主に告げた。

「…………奥様は手が離せないとのことです」

「……どういうことだ？」

疑問の形をとった非難を受け、スライディーは震え上がる。

「もう一度呼んでまいります」

すぐさま足早に屋上へと向かった。


「奥様、旦那様にお会いしたいのではないのですか？」

スライディーは必死に訴えた。

「そうですね、また今度」

「楽しみにしていらしたではないですか！」

思わず声を荒《あら》らげてしまうが、ルナリアはたぶん話を聞いていなかった。

「距離を測るには結ぶ点が違《ちが》うのでしょうか……？」

ぶつぶつと呟《つぶや》きながらノートに図形と計算式を書きつけている。

これは駄目だとスライディーは悟《さと》った。

「奥様はあまり具合がよくない御様子。明日の朝までお待ちいただきたく……」

そう告げた瞬間、ヴォイドは机に拳《こぶし》を振《ふ》り下ろした。

天板が激しい音を立てて震える。スライディーの背中にも控えているメイドの額にも冷や汗が伝った。

「……どこにいる」

ルナリアの居所を問い質《ただ》され、スライディーはぎくりとした。

「さっきは手が離せないなどと言った者が、今は具合が悪いと？　ずいぶんと人を馬《ば》鹿《か》にした女だ」

怒《いか》りを漲《みなぎ》らせてヴォイドは席を立った。

「今どこにいる。言え」

「……お、屋上で……夜風に当たっておられます」

スライディーのその言葉を聞き、ヴォイドは無言で歩き出す。

「旦那様！　落ち着いてください。奥様は嫁いできたばかりで不安に思っていらっしゃいます。どうか優《やさ》しいお心で……」

「お願いします、奥様をお叱《しか》りにならないでくださいませ！」

スライディーとメイド達が後を追いながら必死に言う。しかし、

「黙《だま》れ」

ヴォイドは冷たく重い一言でそれらの訴えを切って捨てた。

彼は一切歩みを止めることなく進んでゆき、屋上の扉《とびら》を開け放った。


屋上でノートを見据えながら、ルナリアは必死に計算を続けていた。

頭の中が熱い。このまま進めていけば答えにたどり着きそうな予感がする。

わくわくと胸を躍《おど》らせて、ルナリアは思考の空を飛んでいた。

「顔を上げろ」

その時突然背後から声をかけられた。しかし、没頭《ぼっとう》し過ぎていたルナリアはその声

が耳に入らない。

「聞こえないのか」

僅《わず》かに声が大きくなる。今度は耳から言葉が入ってきた。思考の端《はし》がゆらりと歪《ゆが》んで現実に引っ張られる。邪魔《じゃま》だなと思った。

「お前……どういうつもりだ！」

とうとう明確な怒声《どせい》が発せられ、それと共に強く肩が引かれた。ルナリアは飛び上がるほど驚《おどろ》いて、ようやく辺りの風景を視認《しにん》する。ぱっと振り返ると、そこには見知らぬ男が立っていた。酷《ひど》く怒《おこ》った顔でルナリアを睨《にら》んでいる。

きょとんとしながら男を見上げ、そこでルナリアの頭は数分前のことを思い出した。おぼろげな記憶だが、さっき誰かに声をかけられた気がする。そう考えてはっとした。数分経《た》って、今ようやく言われたことが聞こえてきたのだ。

「……旦那様ですか!?」

ルナリアは驚いて何度もまばたきする。まだ数日かかると聞いたはずだけれど……この人に会ったらどうしようと思っていたのだっけ……？

切り替《か》わりきらない頭を必死に働かせた。ええと……ルナリアはこの人の良い妻になろうと思って……両親のような仲の良い夫婦になりたいと思って……だからつまり、母が父を出迎《でむか》える時にしていることをすればいい。

「お帰りなさい、旦那様」

ルナリアはそう言って立ち上がると、うんと背伸《せの》びして男の頰《ほお》に口付けた。

間近で見上げると、男――ヴォイド・カイザークは驚いた顔でこちらを見下ろしていた。それを見たルナリアは思わず顔を赤くしてしまう。生まれて初めてしたその行《こう》為《い》は予想外に恥《は》ずかしいものだった。

「初めまして、旦那様。ルナリアといいます」

ルナリアが改まって挨拶《あいさつ》すると、ヴォイドの瞳《ひとみ》が鋭《するど》く細まった。

「結婚を嫌がって何度も家出したという女だな？」

「はい、そうです」

ルナリアはにこにこと笑った。ヴォイドは虚《きょ》を衝《つ》かれたように黙り込む。

その顔を見つめ、ルナリアはさっき執事に言われたことを思い出した。

この人が暴君……？　どこに怖《こわ》い要素があるのだろうか……そう思ってまじまじと見つめる。顔立ちは……割と怖いかもしれない。けれどルナリアはこの険しい表情が嫌いではないなと思った。

「……旦那様、見も知らぬ私と仲良くしようとしてくださってありがとうございます。

受け入れてくださって……優しくしてくださって……歩み寄ってくださって……ありがとうございます」

満面の笑みで心からの礼を言うと、ヴォイドは困惑《こんわく》と猜疑《さいぎ》の間をさまようような表情を浮《う》かべた。

「私は人を好きになることも、旦那様《だんなさま》と仲の良い夫婦になることも諦《あきら》めていましたが……あなたとだったら、お父様とお母様のような仲睦《なかむつ》まじい夫婦になれるのじゃないかと思ったんです」

ルナリアは決意を込めた瞳で真《ま》っ直《す》ぐ夫を見つめた。

「ですからそのために、私は旦那様好みの良い妻になろうと決めました。まず初めに旦那様の好みの女性を教えてください。どんな女性がお好きですか？　胸は大きい方がいいとか、髪は長い方がいいとか、お菓子《かし》を作るのが得意な方がいいとか……努力で近付ける部分はあると思うんです。きっと期待に応《こた》えますから……だからお互《たが》い努力して、仲の良い夫婦になりましょうね」

この上なく真剣《しんけん》な笑顔でぐっと詰《つ》め寄ると、ヴォイドは困った顔で一歩下がった。

その瞬間、両者の力関係が決定したのだが……幸いというかなんというか、二人がそれに気付くことはなかった。

ヴォイドは眉《まゆ》を寄せて黙り込んでいる。その顔を見てルナリアは首を捻《ひね》った。

この人のどこが暴君……⁇　怖いところなんて、少しもないように思うけれど……他の人達は彼のどこを見て怖いと感じたのだろう？　不思議に思いながらルナリアは続けた。

「ですが旦那様、どれだけあなたの好みに近付いても、一つだけ変えられない部分がありますす」

「……何だ」

「私が天文学者であるということです」

するとヴォイドの眉間《みけん》の皺《しわ》が深くなった。

「天文学……？」

「はい、例えば私の心の中に千個の部屋があるとしたら……その内の九百九十九の部屋は、天文学に捧《ささ》げてしまいました」

発した声は夜の空によく響《ひび》いた。

「幼い頃《ころ》、自分は知を繋《つな》ぐ世界の欠片《かけら》として生まれたのだと感じました。そこを変えることはどうやっても出来ないのです」

「……意味が分からないな……お前は貴族の娘だろう？　それがどうして天文学者な

どということになる？　きちんと説明しろ」

彼は渋面《じゅうめん》で言った。ルナリアは驚いて目を真ん丸にしてしまう。

「説明……してもいいのですか？」

「しろと言っているんだ」

不愉快《ふゆかい》そうに彼は言葉を重ねる。

ルナリアは星に負けないくらい瞳を輝《かがや》かせて話し始めた。


ルナリア・ノエルが天文学者を志《こころざ》したのは十歳の頃である。

元々内向的な子供だった。興味を引かれない話を聞くことが出来なかった。筋道を立てて会話することが上手《じょうず》ではなかった。同じ年頃の少女達と同じものに興味を持って、同じ行動をすることが非常に苦手だった。

素敵な男の人の手を取りダンスを踊《おど》りたいと夢見るより、泥《どろ》に手を触《ふ》れ空を眺《なが》めていたいと願う少女だった。

流行のドレスはどんな意匠《いしょう》なのだろうかと考えるより、この世界はどんな形をしているのだろうかと想像する少女だった。

そんな妹を案じて兄達が遊んでくれたけれど、いつもルナリアははぐれてしまう。

ルナリアは何かに気を取られると、傍《そば》に人がいることを忘れる性質《たち》であった。興味を引かれたものに向かってふらふら足を進め、気付くと迷子《まいご》になっているのだ。親戚《しんせき》から「お前は恥ずかしい子だ」と言われたことがある。意味がよく分からなかったけど、それを聞いたお母様が悲しそうな顔をしていたのが悲しかった。

八歳になる頃、外へ出てはいけないと言われるようになった。人前に出るなと言われるようになった。

ルナリアは父も母も兄達のこともみんな大好きで、彼らの望むようにしたかったけれど……部屋に閉じこもっていると段々息が苦しくなった。

そして十歳の時、ルナリアは一人の天文学者に出会った。

天文学者アストラス博士《はかせ》――彼はルナリアの母の血縁者《けつえんしゃ》で、父の親友だった。

体つきが細く、見た目も動きもどことなく草食動物を思わせる人だ。

元々貴族の家に生まれながら、十五歳で家を出て、ずっと研究生活をしているのだと言った。博士は父に研究費用の無心に来たのだ。

博士は今までルナリアが出会った人達の中で、一番不思議な人だった。

その頃ほとんど屋敷《やしき》から出られなかったルナリアは、窒息《ちっそく》しそうなほどの苦しさの中で博士に出会った。

ある夜、博士は父や母に内緒《ないしょ》でルナリアを屋敷から連れ出した。

それはまるで誘拐犯《ゆうかいはん》のような行動だったけれど、アストラス博士の乗る馬の前に座らされ、屋敷を離れるにつれてルナリアは息苦しさがなくなるのを感じた。

「博士……どうして私は外へ出てはいけないのでしょう……？」

ルナリアは聞いてみた。それは家族には聞けないことだった。

「……保護者が子供に対して過保護になりがちなのは世界共通だ」

アストラス博士は首を捻って考えながら答えてくれた。

「私はみんなが大好きで……みんなが望むなら全部言う通りにしたいと思います。でも……そうしているといつも息が苦しくなるのです。物語の中に出てくる王子様が、いつか私を連れ出してくれないか……と、思ったこともあります」

ルナリアは頭の中に、自分が求める王子様の姿を思い描《えが》いた。

「けれど……それは許されないことです。悪いことで、考えてはいけないことなのです。王子様は私のものではないから……私のところへは来ません。忘れなくてはいけません。でも、一人ぼっちの部屋の中に一生閉じこもっているのだと思うと……すごく怖くなるのです」

ルナリアは苦しさを吐《は》き出すように言った。博士は何も言わなかった。

博士の馬は山を登り、開けた丘《おか》にたどり着いた。

「到着だ。ほら、見えるか？」

アストラス博士はルナリアを馬から下ろして夜空を指した。

ルナリアは顔を真上に向けて空を見上げ……そのまま固まってしまった。

その時の衝撃《しょうげき》をどう言い表したらいいのだろう？

目の前に広がるのは満天の星。

その丘には建物も木々も一切なく、視界は星空で埋《う》め尽《つ》くされた。いつも明るい屋敷の中にいるルナリアが初めて見た光景。

呆然《ぼうぜん》とその光景を見上げていたある瞬間、ルナリアは自分の体がぼんやりと溶《と》けて形を失い、己《おのれ》の存在が一つの星になって空に浮かんでいるような錯覚《さっかく》に陥《おちい》った。

距離や大きさの概念《がいねん》も失い、自分は空に煌《きら》めく星の一つだと思った。手を伸ばせば目の前に瞬《またた》いている自分そっくりな星に触れることだって出来る。

どれくらいの時間そうしていたのか分からない。

ルナリアの意識は次第《しだい》に肉体の感覚を取り戻《もど》し、土を踏《ふ》んでいることを思い出した。

「博士……触れるくらいまでうんと近付いたら……あの星は私と同じような形をしているのですか？」

思いつくままルナリアは聞いていた。

少し離れて地面にしゃがみ何かの道具を使っていたアストラス博士は、顔を上げてルナリアを見つめ——にんまりと笑った。

「いいや、あの星はうんと近付くと……この大地と同じ形をしている」

そう言われ、ルナリアの体はびくんと跳《は》ねた。

「見たいか？　見たいよな？　見せてあげよう」

博士は手招きして、今まで自分が覗《のぞ》き込んでいた筒型《つつがた》の道具をルナリアに覗かせた。

ガラスの向こう側に縞模様《しまもよう》の丸い何かを認め、ルナリアは思わず飛び退《の》く。

「あれが星だ。そして、俺達が今立っているこの大地も星だ。同じ形をしてる」

楽しげに言う博士を見つめ、ルナリアは体が震《ふる》えるのを抑《おさ》えられなかった。

それは恐怖《きょうふ》にも似た反応だったが、溢《あふ》れているのはそれより遥《はる》かに大きく胸を震わす興奮だった。どくどくと胸が高鳴っている。

「では……私が……私は……それと同じ形をしているのですか？　いえ……そうではなくて……形ではなくて……中身？　でもなくて……ええと……」

ルナリアは混乱しながら言葉を紡《つむ》ぐ。元々しゃべるのが上手《うま》くない少女であるから、己でも正しく認識《にんしき》出来ていない感覚をきちんと言葉にするのは難しかった。けれど、

「ああ、うん。分かるよ」

と、アストラス博士は言った。

「お前が何を言いたいのか、何を感じたのか、よく分かるよ。分かったという錯覚を俺は今起こした」

そうして彼はにこりと笑う。

そんな博士を見つめ、ルナリアは胸の中に明かりが灯《とも》った気がした。

「博士……私は博士のような天文学者になりたいです」

それが始まり――。天文学者になってこの世界を知りたい――それはルナリアが生まれて初めて抱《いだ》いた強い感情だった。

ワーゲン地方には大きな天文台があり、そこには大勢の天文学者がいるらしい。

しかし、全員が寝《ね》泊《と》まりするのは難しく、ルナリアの父は親友である博士の頼《たの》みを聞いて、何人もの天文学者を屋敷の離れに住まわせていた。

アストラス博士がワーゲン地方に逗留《とうりゆう》していた三か月の間、ルナリアは毎晩博士のいる離れを訪ねたのである。

観測を終えて領地を離れる時、博士はルナリアに色々な道具と書物をくれた。

ルナリアは数日の間泣き続け、それからは自分一人で勉強を続けたのだ。

年に何度か、博士はワーゲン地方を訪《おとず》れた。

ルナリアを最初の弟子《でし》にしてくれると言った博士のことが、ルナリアは好きだった。

「博士……私……あなたを初恋の相手だと思ってもいいですか？」

ある時ルナリアは聞いた。博士はぱちくりとして少し考え――答えてくれた。

少しずつ新しい道具を増やし、少しずつ本を読んで、ルナリアは少しずつ成長した。

それを知った親戚は、もうルナリアのことなど相手にもしなかった。

けれどルナリアはもう、天文学に魅了《みりょう》され過ぎていて……引き返すことなど出来なくなっていたのだ。

天文学狂《ぐる》いのお嬢様《じょうさま》――そう呼ばれることはルナリアの喜びだった。


自分がどういう経緯《けいい》で天文学を志したのか――何を学んできたのか――周りからどんな風に言われてきたのか――ルナリアはそれらを一つ一つヴォイドに説明した。

もちろん――初恋の人のことは言えるわけがなかったけれど……

ヴォイドは眉間にしわを寄せたまま、最後まで話を聞いてくれた。

「私が死ぬまでに可能なことはほんの僅《わず》かで、きっと天文学を半歩前へ進めることも敵《かな》わないと思います……ですが、私が死んだ後、私が残したほんの少しの成果を見て、次の誰かが半歩前に進むんです。私が過去の人達の研究を知って、前に進んだのと同じように……。そうやって知を繋《つな》ぎ続けて、天文学は少しずつ進化するのだと思います。いつかあの月に人が足を乗せる日がやってくるかもしれません」

　目を輝かせながらルナリアは空を指した。そこにはぽっかりと月が浮《う》かんでいる。これを言うと、家族以外の人達はみんなルナリアを馬鹿《ばか》だと笑った。けれど……ヴォイドは笑わなかった。真剣《しんけん》な顔で月を見上げている。

　ルナリアはほんのりと笑ってしまった。やっぱりこの人は少しも怖《こわ》い人じゃない。少なくとも——この人はルナリアを怖がらせたいなんて思っていない。

「旦那様《だんなさま》は天文学が嫌いなのかもしれませんが、これだけは変えることが出来ません。その代わり、体や時間や人生や、心の最後の一部屋だけは旦那様の好みに近付けることが出来ます。どうぞ何なりとおっしゃってください。私は全身全霊《ぜんしんぜんれい》で、あなたの理想の女性になります。旦那様はどんな女性がお好きですか？」

　答えが返ってくることを期待して目を煌めかせるが、ヴォイドはしかめっ面《つら》でルナリアを睨《にら》んだ。

「……特に好みはない」

「え？　外見や性格に好みはないのですか？」

「考えたことがないな」

「……困りましたね……旦那様の嫌いな天文学を捨てられない分、それ以外は好みに近付けたいのですが……」

「誤解があるようだが……私自身は別に天文学など好きでも嫌いでもない」

「え!?　そうなんですか？」

「ああ、天文学を禁じたのは先代だ。私には何の関《かか》わりもない。お前がそれほど天文学に執心《しゅうしん》だと言うなら、この地での天文学を解禁しよう」

　その言葉を聞き、ルナリアはあまりの驚《おどろ》きに大きく目を見開いて夫を見つめた。

　会ってみなければ……話してみなければ……人のことなんて何も分からないのだ。

　天文学嫌いの人なのだと思って、きっと仲良くはなれないだろうと思い込んで、諦《あきら》めていた自分はなんて愚《おろ》かだったのだろう……。この人はちゃんとルナリアの話を聞いてくれて、理解しようと心を向けてくれている。

　この人だったらもしかして……ルナリアの胸の中に小さな欲が芽生えた。

「……旦那様、あの……でしたらもう一つ、許していただきたいことが……」

「何だ？」

　険しい顔でじっと見返され、ルナリアは思わず視線を伏《ふ》せた。緊張《きんちょう》のあまり手が冷たくなる。それでも絞《しぼ》り出すように言った。

「……………あなたを……好きになってもいいですか？」

言葉の内容に反してルナリアの表情は硬《かた》かった。

そんなことは許せるわけがない――なんて言われたら……

ルナリアの緊張を後押《あとお》しするかのごとく、ヴォイドは中々答えてくれなかった。

肌寒い夜の屋上でかなりの時間黙《だま》りこみ……

「……勝手にしろ」

素っ気なく言われ、ルナリアはぱっと顔を上げた。ヴォイドは気まずそうに目線を逸《そ》らしている。

ルナリアは言われた言葉を頭の中で何度も何度も繰《く》り返し、頬《ほお》を薔薇色《ばらいろ》に染めた。

「今……いいっておっしゃいました？　私、あなたを好きになっても……？」

「……勝手にしろと言った。何度も聞くな」

不機嫌《ふきげん》そうに答えられ、ルナリアは熱くなった自分の頬を手で押さえる。ぴょんぴょんと飛び跳ねたいような気持ちが後から後から湧《わ》いてくるのを必死に抑え込もうとするけれど、自然と口元がふにゃりと緩《ゆる》んだ。

「……ありがとうございます」

ヴォイドはちらとこちらに視線を向け、嬉《うれ》しそうに笑っているルナリアを見ると、僅かに表情を緩めた。

「お前はよく笑う女だな」

「だって、好きになってもいいなんて……そんな素敵なこと初めて言われました。あの星を全部旦那様に差し上げたい気持ちです」

その言葉を聞いて、ヴォイドは一瞬怪訝《けげん》そうな顔になる。

「……好きになってはいけないと言われたことがあるのか？」

問い返されたルナリアは驚いて真顔になってしまうが、首を横に振《ふ》りながらにこりと笑った。

「いいえ、一度も」

そう答え、ルナリアはヴォイドの手をがしっと握《にぎ》った。

「旦那様、私達はお互《たが》い歩み寄って仲の良い夫婦になりましょうね」

きらきらと輝《かがや》く瞳《ひとみ》で見つめられたヴォイドは、渋面《じゅうめん》で答えた。

「……好きにしろ」

✴ 第二章　雪夜の約束 ✴

何て素敵な夜だったんだろう……

ヴォイドと別れたあと幸せな気分で天体観測を続けたルナリアは、明け方望遠鏡を抱《かか》えて屋上から降りた。昨夜の会話を何度も何度も頭の中に思い浮かべ、ほくほくとした気持ちで階段を降りていると……階下にヴォイドが通りかかったのを発見した。

「旦那様、おはようございます」

ルナリアはぱっと顔を輝かせて挨拶《あいさつ》しながら、階段を急いで降りようとして――次の瞬間、足をつまずかせた弾《はず》みで望遠鏡を宙に放り投げていた。

「きゃあっ！」

真《ま》っ青《さお》になって悲鳴を上げ、ルナリアは望遠鏡に手を伸《の》ばすと自分も階段から身を躍《おど》らせていた。

パトリック三世を助けなくては――！　真っ白になった頭でそれだけを考え、望遠鏡をつかんで庇《かば》いながら落ちてゆく。絨毯《じゆうたん》の敷《し》かれた階段をダダダッと、足をもつれさせながら転げ落ち、しかし恐《おそ》れたほどの衝撃《しようげき》はなく体は階下についていた。

呆然《ぼうぜん》として顔を動かすと、階段の下でルナリアを受け止めたヴォイドが、ルナリアの体を抱えて床に座りこんでいた。衝撃でガウンがはだけ、胸板が覗《のぞ》いている。

「わあ！　旦那様、大丈夫ですか⁉」

下敷きにしてしまったかとルナリアは慌《あわ》てた。ヴォイドは驚愕《きょうがく》の表情で口をはくはくと動かし、腕の中のルナリアを見下ろしている。

「お……お前は何をやっているんだ！」

「すみません！」

「自分まで一緒《いっしょ》に落ちる馬鹿がどこにいるんだ。貸せ！」

ヴォイドはルナリアの腕を引いて立たせると、望遠鏡を取り上げた。

「あ！　自分で運べます」

「運べていないじゃないか」

ヴォイドは望遠鏡を抱えたままルナリアの部屋まで歩いていく。

ルナリアは大人しくその後に続いて歩いた。

長い廊下《ろうか》をしばし無言で進んだ後、ヴォイドは不意に聞いてきた。

「いくら必要だ？」

紅茶に入れる砂糖の量を聞くような平坦《へいたん》さで尋《たず》ねられ、いったい何のことかとルナリアは首を捻《ひね》った。

「お前が天文学を続けるために、いくらの金が必要だ？」

もう一度聞かれ、ルナリアは一瞬きょとんとし――すぐにその言葉の意味を理解して仰天《ぎょうてん》した。

「いいえ！　確かに天文学をやめられないとは言いましたが、旦那様に金銭の援助《えんじょ》をお願いしていいるわけでは……」

「金は必要ないのか？」

「え？　必要です！　それは必要です！　けれど、私は以前博士《はかせ》の……博士というのは私の天文学の師ですが……博士の仕事を手伝って地図の製作に携《たずさ》わったことがあるのです。その時、幾許《いくばく》かの報酬《ほうしゅう》をいただきましたので、それなりに小金持ちです。それを使い切ったら……実家から持ってきた衣類や装飾品《そうしょくひん》を売れば、しばらくは……」

「馬鹿なことを言うな」

ルナリアが頭に描《えが》いていた人生設計は、呆《あき》れたような声にあっさりと遮《さえぎ》られる。

「そんな惨《みじ》めったらしいことをする必要はない。ほしいものがあるなら言え、何でも用意してやる。妻が必要だというものを用意するのは夫の義務だ」

ルナリアは驚きのあまり思わず言った。

「旦那様、そんなにお人好《ひとよ》しだといつか騙《だま》されたりしてしまいますよ？」

するとヴォイドは前を歩きながらちらと振り返った。

「……お前は私を騙す予定でもあるのか？」

「まさか！」

「なら問題はないな」

きっぱりと言って前を向いてしまう。その後姿を見つめて歩きながら、ルナリアは考えた。そして早足で彼の横に移動する。

「それなら……私は妻の義務を果たすよう努めますね。とりあえず、これから毎日午後のお茶をご一緒するというのはどうでしょうか？」

いいことを思いついたというように笑顔で提案するルナリアを、ヴォイドは怪訝な顔で見下ろした。

「……意味が分からないな。どういう発想でそういう結論に至ったのか説明しろ」

「旦那様とお話をしたいと思ったんです。たくさんお話しして仲良くなれば、旦那様の好みの女性が分かるのではないかと思って」

にこにこと笑うルナリアを見て、ヴォイドは不思議そうな顔になった。

「……お前はおかしなことを考える女だな。話をしたいなどと初めて言われた」

「迷惑《めいわく》でしたか？」

ルナリアが顔を覗きこんで尋ねると、彼はやや渋面になりながらも答えた。

「別に迷惑ということはない。お前がそうしたいのなら、好きなようにしたらいい」

それを聞いて、ルナリアはぱっと顔を輝かせる。

「では、お茶の時間にお部屋に伺《うかが》いますね。私、お茶を淹《い》れるのは上手《じょうず》なんです」

ルナリアがにこにこと笑いかけながら言ったところで、二人は部屋についた。


この日から、ラドフォール伯爵《はくしゃく》夫妻には、午後のお茶を一緒にするという習慣が出来た。それだけではなく――起きたら一番に挨拶に行くこと……食事の時に一番近くの席に座ること……寝《ね》る前に明日外出の予定があるのかどうか伝えること……時間が経《た》つと共に、そんな些細《ささい》な習慣が少しずつ増えていった。

明け方天体観測を終えて自室に戻《もど》る前、ヴォイドの部屋にこっそり立ち寄って寝顔を覗く――なんていうルナリアの秘密の習慣も出来た。

不思議な人……この優《やさ》しい人がどうして使用人達から恐れられているのか……どうして暴君なんて呼ばれているのか……ルナリアにはさっぱり分からない。

分からないと思えば思うだけ、気になるのが人の性《さが》だ。

何が好きで、何が嫌いで、どんな風に生きてきたのだろう……？　どんな体質があって、どんな体つきをしていて、どんな癖《くせ》を持っているのだろう……？　それらの情報をちまちまと集めていけば、いずれ自分は天文学者であると同時に、ヴォイド・カイザークの研究家になるに違《ちが》いない。そんな自分も案外悪くないように思えて、ルナリアは可笑《おか》しくなるのだった。


そんな日々を過ごして半月が経ったある日——屋敷の執務室《しつむしつ》にはラドフォール伯爵家が経営する工場の工場長が訪《おとず》れていた。

きっちりとスーツに身を包んだ五十代の工場長は、ぶるぶると震《ふる》えながら部屋の奥にある机の前に立っている。机に着いているのは不機嫌な表情で鋭《するど》い眼光を工場長へ注ぐヴォイド・カイザークだ。部屋の隅《すみ》には執事や使用人が直立で控《ひか》えており、彼らも工場長に負けず劣らず青い顔をしていた。

「工場の人員は全員入れ替《か》える」

ヴォイドは冷酷《れいこく》に告げた。

「お、お待ちください、それはあまりにも無茶な話です。帳簿《ちょうぼ》の改竄《かいざん》をした人物は必ず突《つ》きとめますので……」

　工場長はすがるように身を乗り出した。

「三日待って何も進展していない。これ以上待っても無駄《むだ》だ。全員入れ替えて犯罪者は一掃《いっそう》する」

「旦那様《だんなさま》……三日ではさすがに……もう少し猶予《ゆうよ》を与えては……？」

　直立で控えていた執事のスライディーがたまらず口を挟《はさ》んだ。その途端《とたん》、ヴォイドの表情はいっそう険しいものになる。

　目の前に立っていた工場長はそれを見て、ひっと怯《おび》えた声を上げた。

　それ以上何か言える者はいなかった。

　工場長が絶望に彩《いろど》られた表情で今にも倒《たお》れてしまいそうになった時、コンコンコンと控え目なノックの音が響《ひび》いた。

「入れ」

　ヴォイドは低く不愉快《ふゆかい》そうな声で応《こた》えた。

　扉《とびら》が開き、ひょっこりと顔を覗かせたのは書物の塔《とう》だった。いや、正確に言えば塔のごとく積み重ねた書物を抱えるルナリアだった。驚《おどろ》く一同の中、ルナリアはよろよろと部屋に入ってくる。そして書物の陰《かげ》から顔を出し、ぱちくりとまばたきした。

「あ、すみません。お客様でしたか」

彼女が慌てて退室しようとすると、書物がぐらぐらと揺《ゆ》れた。

「ああ！　奥様！」

使用人達が慌てて駆《か》け寄る前に、彼女の元へ大股《おおまた》で近付いたのはヴォイドだった。

彼はルナリアの手から山積みの書物を取り上げると、しかめ面《つら》で妻を見下ろす。

「何だこれは」

「旦那様が取り寄せてくださった本が届いたのです。それを見ていただきたくて……。でも、お忙《いそが》しいなら今日はやめておきます」

ルナリアは夫の持っている本に手を伸ばした。しかしヴォイドは渋面《じゅうめん》でしばし考え、

「……すぐに終わるから待っていろ」

と言って、広い部屋の中ほどに置かれた応接セットのテーブルに本を置いた。ルナリアは嬉《うれ》しそうに顔を輝《かがや》かせ、いつものソファにちょこんと腰《こし》かける。

ヴォイドは不機嫌《ふきげん》そうに机へ戻り、黒い革張《かわば》りの椅子《いす》にどかっと座った。

さっきまでとはいささか質の異なる緊張感《きんちょうかん》が室内に訪れた。

「伯爵様……従業員の解雇《かいこ》はあと少し待っていただけないでしょうか……」

カラカラに乾《かわ》いた声で工場長が言葉を発すると、ヴォイドは難しげに眉《まゆ》をひそめ、

かなり長いこと悩んだあげく――

「……来月まで待つ」

控えていた使用人達は驚きに小さく声を上げ、工場長は歓喜《かんき》に腰をぬかしかけた。ヴォイド・カイザークが己《おのれ》の意見を曲げるなど、ありえないことだ。

「あ……ありがとうございます！　ありがとうございます！　伯爵様……！」

工場長は泣き出さんばかりに礼を言った。

「話は終わりだ。皆下がれ」

ヴォイドは苦々しげに命じる。

使用人達は工場長を連れて部屋を後にした。


工場長を見送り、使用人達は談話室に集《つど》った。十人程《ほど》のメイドと使用人がテーブルを囲み、ビスケットをつまみながら言葉を交《か》わす。

「奥様は魔法《まほう》でも使えるんじゃないかしら？」

一人のメイドが感嘆《かんたん》の吐息《といき》をついた。

「奥様が嫁《とつ》いできてから、旦那様はまるで別人みたい。気に食わないものには容赦《ようしゃ》なく制裁を加えて恐《おそ》れられてきた最低最悪の暴君はいったいどこへ行ったというの？」

「ああ、本当に異常事態だ。旦那様が自分の言葉を覆《くつがえ》したんだぞ」

「奥様が見ている前で非道なことをなさるのが、お嫌だったのよ」

「それに、奥様が何を言っても何をなさっても、ちっともお怒《いか》りにならないわ」

「不満を持たれるのが面倒《めんどう》だから贅沢《ぜいたく》させるとおっしゃっていたけれど、あれではまるで……」

　そこで一同は口をつぐんだ。

「誰の目にも明らかだけど、誰もが恐ろしくて口に出来なかったことを言ってもいいかしら？」

　ルナリアの世話をしているメイドの一人、シモーネが熟考の末に言った。

「旦那様は……奥様に恋してしまったんじゃないの？」

　それを聞いた一同は何とも言えない顔をする。

「旦那様が恋……？　あっはっは、似合わねえ～」

　使用人の一人が引きつった顔で笑う。

「あら、馬鹿《ばか》に出来た話じゃないわよ。あなただってそう思うでしょう？」

　シモーネはテーブルの隅に座っていたメイドに声をかける。

　ルナリアとヴォイドが初めて会った晩、解雇を宣告されたはずのタビサだった。

世話をしてくれているメイドがいなくなると耳にしたルナリアは、酷《ひど》く悲しそうな顔をした。それを見ただけで、ヴォイドはタビサが勤め続けることを許したのだ。

「旦那様が何をお考えかは知らないけれど……私が奥様に返しきれない恩を受けたことは確かだわ。一生お仕《つか》えします」

タビサは凛《りん》と背筋を伸《の》ばして言った。そこで室内には再び沈黙《ちんもく》が訪れた。

「妖精《ようせい》……」

ひっそりと黙《だま》っていた執事のスライディーが零《こぼ》すように言った。

その言葉は不思議とよく通り、全員の注意を引きつける。

「まるで妖精の再来だな」

「スライディー様、妖精って何のことです？」

怪訝《けげん》な顔をする部下達に、スライディーは昔を思い出すような表情で言った。

「……かつていたのだ、ラドフォールの妖精と呼ばれた女性が……奥様とは似ても似つかぬお方ではあるが……」

「誰ですか、それ？　出会った男を全て虜《とりこ》にするという国一番の美女マリアの噂《うわさ》なら聞いたことがありますけど……」

噂は娯楽《ごらく》である。メイド達は最近都から仕入れたばかりの噂話を思い出して、そう尋《たず》ねた。しかしスライディーは渋面で首を振《ふ》る。

「違う。そのような名の知れた方ではない。もっと昔……何十年も前、この屋敷《やしき》には妖精がいたのだ」

「?? いったい誰のことなんですか？」

部下達は興味津々《しんしん》といった様子でスライディーに詰《つ》め寄る。しかしスライディーは軽く手を振った。

「いや、何でもない。忘れてくれ。旦那様が穏《おだ》やかにいてくださるなら今はそれでよかろう。我々は黙って見守っていればいいのだ」


何ともおかしなことになった――ヴォイド・カイザークは考える。

工場長と使用人達がいなくなると、ルナリアは一旦《いったん》部屋を出ていつも通りティーセットをのせたワゴンを運んできた。

慎重《しんちょう》な手つきで茶を淹《い》れている妻を眺《なが》め、ヴォイドは席を立つとソファに移動する。ルナリアはそれを見て嬉しげに笑い、目の前のローテーブルに湯気の立つティーカップを置いた。自分の茶を淹れて隣に並んで腰かけ、彼女は手ずから淹れた茶をすする。そして満足そうににんまりと笑った。

それを見やり、ヴォイドはややしかめ面気味にカップを口へ運んだ。異常な渋《しぶ》さとえぐみが口に広がる。どう淹れたらこうなる——というほど、相変わらず不味《まず》い……。

「今日も上手《じょうず》に淹れられたと思います。眠気《ねむけ》が吹き飛びますよね」

ルナリアは笑顔で言った。この女はどう考えても茶の存在意義を間違《まちが》えているなと思いながら、ヴォイドはカップの中身を飲み干した。

「旦那様は本がお好きですか？」

ルナリアはカップを空《から》にしたヴォイドを嬉しそうに見つめ、いつものきらきらした瞳《ひとみ》で聞いてきた。そんなもの知ってどうする？　そう聞きたくなるくらい彼女はヴォイドのことを知りたがる。

「別に好きでも嫌いでもないな。必要なら読む」

「これは私の博士《はかせ》の本なのですが、こういう本は読みますか？」

そう言って、ルナリアは一番上に積んであった本を開く。煌《きら》めく瞳を本とヴォイドの間でくるくる動かし、楽しそうに笑って説明を始めた。

ヴォイドは頰杖《ほおづえ》をついてそんな彼女を眺めながら、この笑顔が悪いのだと思った。

ヴォイドにこんな純粋《じゅんすい》な笑顔を向ける人間など、今まで二十五年間生きてきて唯《ただ》の一人もいなかった。傲慢《ごうまん》で暴力的だった祖父も——そんな祖父に諂《へつら》うことしか知らない父も――泣いてばかりいた母も――怯《おび》えるしか能のない使用人達も――誰も彼もヴォイドに笑顔を見せることはなかった。

自分を怖《こわ》がりもせず近付き、知りたがり、仲良くなりたいなどと言う人間は一人もいなかった。

だから――調子が狂《くる》ったのだ。

自分が優《やさ》しい……？　全くもって愚《おろ》かしい誤解である。

贅沢を許したのは機嫌を損《そこ》ねられるのが煩《わずら》わしかったからだ。

話を聞いてやったのは「分からない」と投げ出すことが屈辱《くつじょく》だったからだ。

彼女は完全にヴォイドを誤解している。だからその誤解を解いてしまったら……彼女は笑わなくなるのだろう。

ヴォイドは輝くような笑顔で話し続けるルナリアの顔をじっと見つめた。

本心を認めてしまえば、彼女の笑顔を見るのが嫌いではない。

ヴォイドは人が嫌いで、この家が嫌いで、世界の何もかもに憤《いきどお》りながら生きている。好きなことも楽しいことも何一つありはしない。

けれど――彼女の笑顔は悪くないと思えた。

仲の良い夫婦になれるなどと本気で思っているわけではないが……まあ贅沢くらい

許してやってもいいだろう……不味い茶くらい飲んでやってもいいだろう。

何を贈《おく》ってやったらもっと喜ぶだろうか……？　街にでも連れ出してやったら、欲しがるものも見つかるかもしれない……などと考えながら、ヴォイドはにこにこと話し続ける妻の顔をいつまでも眺めていた。

そしてこの時の想像は、数日後、思わぬ形で実現することになる。


その日もヴォイドの執務室《しつむしつ》で、ルナリアはお茶の時間を迎《むか》えていた。いつものソファで、いつものテーブルに、いつもは置いていないアストロラーベのジョニー二世を同席させている。

ルナリアがワゴンでお茶を注ぐのを見ていたヴォイドが、テーブルの上のアストロラーベを移動させようとした。しかし片手で雑につかんだせいだろうか？　アストロラーベはヴォイドの手からつるりと滑《すべ》り落ちた。つかむ間もなく真鍮《しんちゅう》製《せい》の円盤《えんばん》はテーブルの角に激突《げきとつ》し、耳障《みみざわ》りな音を立てて絨毯《じゅうたん》に落ちる。

あからさまに「しまった……」という顔をするヴォイドと、ぱかっと口を開けて愕《がく》然《ぜん》とした表情を浮《う》かべるルナリア。ヴォイドの机の書類を片づけながら異音に気付いた使用人――

数拍《すうはく》の静寂《せいじゃく》の後、ルナリアは落ちたアストロラーべに駆《か》け寄った。持ち上げた円盤から、へし折れた部品がぽろりと落ちる。

「ジョニー……！」

ルナリアは真《ま》っ青《さお》になってぷるぷると体を震《ふる》わせた。絨毯に座りこんで膝《ひざ》の上にアストロラーべを置き、無言で見つめながら涙を滲《にじ》ませる。

弱り切った渋面《じゅうめん》で佇《たたず》んでいたヴォイドが、そっとルナリアの隣にしゃがみ込んだ。

「あー……悪かった」

その言葉を聞いて使用人は度肝《どぎも》を抜《ぬ》かれた。

ヴォイドが謝罪するところなど、この領内に見たことがある者はいまい。

「ルナリア……泣くな。新しいのを買ってやるから……」

懐柔《かいじゅう》するようにヴォイドが言うと、ルナリアの肩が強張《こわば》った。

「……いりません。旦那様《だんなさま》がくださった二世がいいんです」

すねたように言って、アストロラーべを大切そうに抱《だ》き直す。

ヴォイドは困った顔で妻の顔を覗《のぞ》きこんだ。

「……それなら、街の職人に修理させよう。どうだ？」

途端《とたん》にルナリアは顔を上げた。

「職人がいるのですか？」

「ああ、天文学者以外の大抵《たいてい》の職種は揃《そろ》っている」

その答えを聞いてルナリアの瞳が輝《かがや》きを取り戻《もど》す。

「なら、そこへこの子を連れていきます。道を教えてください」

「馬鹿を言うな。一人で行くつもりか」

ヴォイドは呆《あき》れと安堵《あんど》の混在する声で言った。

「今日は街へ出る用事があるから一緒《いっしょ》に連れていってやる」

そうしてラドフォール伯爵《はくしゃく》夫妻は初の外出をすることになったのだった。


ルナリアは馬車の窓から外を見た。辺りはのどかな田園地帯である。

今は小麦の収穫《しゅうかく》も終わって裸《はだか》の土が見えるばかりだが、春になれば青々とした芽がいっせいに吹《ふ》き出すのだろう。

「旦那様、街までどのくらいかかるのでしょうね？」

ルナリアはそわそわしながら傍《かたわ》らに座る夫に尋ねた。

彼は仕事用のスーツに身を包んでおり、書類に目を通している最中だった。

ヴォイドは屋敷で仕事をする日と外出する日があり、だいたい三日に一度は屋敷を空《あ》ける。それに同行するのは初めてだった。

ルナリアはメイド達が大はしゃぎで着せ付けた豪奢《ごうしゃ》な意匠《いしょう》の外出着と、裏地に白テンの毛皮を張ったコートに袖《そで》を通している。おまけに白い羽のついた帽子《ぼうし》を被《かぶ》っていた。その格好はいかにも贅《ぜい》をこらした貴婦人らしかったが、好奇心《こうきしん》に満ちた目で何度も窓の外を覗くさまは、いささかその衣装とかけ離れていた。

向かいにはルナリア付きのメイドの一人、シモーネが慎《つつ》ましやかな装《よそお》いで座っており、その隣には執事の姿もある。

「三十分もあれば着く」

ヴォイドは書類から顔を上げて答えた。

「職人さんがいらっしゃるなら、他の子達に何かあった時も診《み》てもらえますね」

ルナリアが笑いかけると、ヴォイドは少し安心したような顔になった。

「そうだな」

と言って手を伸ばし、ルナリアの帽子の上に軽く手をのせて撫《な》でる。

ルナリアは驚《おどろ》いてぱちくりとし、少し考えて帽子を脱《ぬ》いだ。

「？　どうした？」

「え？　あの……撫でてもらおうかと思っただけですが、ダメですか？」

「……」

ヴォイドは眉《まゆ》を寄せて黙《だま》り込み——ややあってぐしゃぐしゃと髪を撫でた。ルナリアは思わず小さな笑い声をあげる。そんな両者の向かいに座る使用人達は、絶妙《ぜつみょう》に気配を殺してその遣《や》り取りを見守っていた。

そうこうしているうちに窓の外の景色は変わり、馬車は街へ着いた。

大通りを走る馬車の窓から外を見て、ルナリアは目の前に広がる光景に瞠目《どうもく》した。

何という人の多さだろう……！

大きく目を見開いて、通りを行き交《か》う人々に見入った。

「旦那様……今日はお祭りか何かですか？」

ヴォイドはルナリアに身を寄せて窓の外に目をやる。

「いつもこんなものだ。まあ、ここは国内でも相当賑《にぎ》わっている方だが……首都のラダン市ならもっと多い」

「……私、こんなにたくさんの人がいるのを初めて見ました」

感嘆《かんたん》の声を上げるルナリアを見やり、ヴォイドは不可解そうな顔になる。

「街へ出たことがなかったのか？　舞踏会《ぶとうかい》でも晩餐会《ばんさんかい》でも人はいるだろう？」

「……私、ほとんど屋敷《やしき》から出してもらえなかったんです。夜会にもお茶会にも出してもらえませんでした。だから、あまり人には会ったことがないんです」

「ずいぶん過保護に育てられたんだな」

ヴォイドの表情に驚きと呆れの気配が滲んだ。ルナリアも首をかしげる。

「私にも理由はよく分からないんです。話し相手といえば、屋敷の離れに滞在《たいざい》していた天文学者の人達くらいで……」

ルナリアはその頃《ころ》のことを思い出す。ルナリアの母メレディアは、娘を外に出して人に会わせることを異常に嫌がった。

「私は天文学さえ出来ればよかったので、困ることはありませんでしたけど……。旦那様は社交的な女性の方がお好みですか？」

近くにある夫の顔を見上げて尋《たず》ねると、彼はあからさまな渋面になった。

「社交界は好きじゃないな。嘘《うそ》くさい笑顔を見ているのは気分が悪い」

「そうなんですか？　よかった。私はそういうことが苦手なので、社交的な女性よりは旦那様の好みに近いですね」

ルナリアはほっとしながら笑み崩《くず》れた。

「そう言えなくはないな」

ヴォイドがそう答えたところで馬車は通りの端《はし》に停止した。

「奥様、鉄工所に着きましたよ」

気配を殺していたメイドのシモーネが慎ましやかに告げる。

「はい、では行ってまいりますね、旦那様」

ルナリアはそう言って馬車から降りた。

鉄工所はこざっぱりとした外観の建物だった。看板は特にない。

ルナリアに付き従うシモーネが、鉄工所の戸を開けた。中へ入ると、そこにいた職人達が二人の上質な服装を見て驚いた顔をした。

中は独特なにおいのする作業場で、相当な広さがあり、床板はなく煉瓦《れんが》が敷き詰《つ》められている。近寄ってきた職人らしき男に、シモーネがあれこれと説明をした。

「奥様、ジョニー二世さんを」

言われてルナリアはアストロラーベを渡《わた》した。職人は真鍮製の円盤を点検し、

「伯爵様の奥様直々においでいただけるとは……恐縮《きょうしゅく》です。どのくらいで直るか調べますんで、少し待っててもらっていいですかね」

恐《おそ》る恐《おそ》る言うと、遠慮《えんりょ》がちに木の椅子《いす》を提供してくる。

シモーネと共に用意された椅子へ腰《こし》掛けると、若い女性職員がお茶を運んできた。

「あとこれ……隣の店の揚《あ》げたてコロッケなんですけど……よかったら……」

紙に包まれたコロッケをおずおずと手渡され、ルナリアは笑顔で受け取った。

チーズが入った熱々のコロッケを食べながらしばらく待っていると……何故《なぜ》か作業所の奥に一人二人と人が増えてゆく。

どう見ても職人には見えない人達が、どんどん奥の出入り口から作業所に入ってきては遠巻きにルナリアを見ているのだった。

それに気付いたシモーネが不愉快《ふゆかい》そうに眉をひそめた。

「ちょっとそこのあなた。あれは何なのよ」

近くにいた女性職員を問い詰める。

「あ、あの……すみません。親方が、噂《うわさ》の伯爵夫人がおいでだと近所のステラおばさんに言ってしまって……あの人に言ったら一瞬で街中に広まってしまうから……みんな奥様を見てみたいって……すみません」

「噂というのは……私の噂ですか？」

ルナリアは行儀《ぎょうぎ》よく腰掛けたままぱちくりとした。

「はい、ええと、伯爵様が経営している工場の工場長が、伯爵様は奥様をお迎えになって劇的に変わったと……」

「あら、そのことなの？　ふふん、中々いい仕事をするじゃない、工場長ったら」

シモーネが何故か得意げに豊かな胸を反らした。

「近付いてご尊顔を拝しなさい。この奥様が旦那様のお心を捕《とら》えた妖精《ようせい》よ」

彼女がそう言った途端、鉄工所の中に集《つど》っていた領民達の一部がざわついた。動揺《どうよう》しているのは主に四十を超《こ》えた者ばかりである。

「妖精……？　あのお嬢様《じょうさま》の再来だとでもいうんですか？」

その反応を見て若者達は不可解そうな顔つきになった。

「あら、あなた達、妖精って誰のことだか知っているの？　昔そう呼ばれていた人がいると聞いたけれど……」

ざわついていた領民達は顔を見合わせる。

「もう二十年以上前のことになりますが……ラドフォールの妖精と呼ばれた方は確かにいましたよ。伯爵様の分家のお嬢様で……メレディア様という方です」

一番前にいた男が口にしたその名を聞いて、ルナリアは驚いた。

「それは私のお母様です！」

ルナリアの告白に彼らはどよめく。

「なんと！　メレディア様のお嬢様！」

「ああ……それなら伯爵様《はくしやくさま》のお心を変えたのも分かりますとも」

歓喜《かんき》の表情で口々に言い募《つの》る中――奥にいた六十代と思《おぼ》しき一人の男が、青い顔で震《ふる》えだした。昔を知る者達は順々に口を開いた。

「メレディアお嬢様は、先代伯爵ガルヴァン様のお怒《いか》りを唯一《ゆいいつ》鎮《しず》めることが出来るお方だったんですよ」

「そうですとも。誰もが恐れ戦《おのの》く伯爵様をなだめ、私どもを庇《かば》ってくださった。まさに妖精の名にふさわしいお嬢様でした」

「領民達にも優《やさ》しくて、あのお嬢様を好きにならない人なんかいなかったですよ」

「幼かった私が熱を出した時、心配してお見舞《みま》いにきてくれたことは忘れません」

「そう……あの人は正真正銘《しょうしんしょうめい》の妖精でした」

「あの恐ろしかった先代伯爵様もメレディア様のことを溺愛《できあい》なさって、お嬢様のためであればどんな贅沢《ぜいたく》もお許しになったとか」

「……それがあんな結婚をして……お可哀想《かわいそう》に……」

それを聞いてルナリアはぴくりと反応した。

「お母様は可哀想な結婚などしていませんよ？」

自分は父と母が仲睦《なかむつ》まじく暮らしている姿を毎日見てきたのだから……

彼らは気まずそうに顔を見交わした。そんな中、一番後ろにいる青い顔の男だけがこちらを凝視《ぎょうし》していることに気付き、ルナリアは不思議に思った。

「……そうですね、奥様がそうお思いならそうなんでしょうね」

近くにいた女性が曖昧《あいまい》に同意し、こほんと咳払《せきばら》いする。

「メレディア様のお嬢様だという奥様なら、きっと伯爵様のお怒りを鎮めることが出来るに違《ちが》いありません」

先代を語るのと同じ調子で女性がヴォイドのことを話すのを聞き、ルナリアは唖然《あぜん》とした。なんてことだろう……この街の人達もヴォイドを怖《こわ》い人だと思っているのだ。

旦那様《だんなさま》は全然怖い人なんかじゃないのに……。

心の底から不思議で仕方がない。彼らがヴォイドを恐れていることが――ではなく、ヴォイドが彼らに恐れられる態度をとっていることが――だ。

あんなに優しい人が周りから怖がられているなんて……なんだか嫌だなと思った。

「旦那様は不用意に怒《おこ》ったりなさいませんよ。あの方は優しいですから」

大真面目《おおまじめ》に言い聞かせると、領民達は仰天《ぎょうてん》した。

「ははあ……世の中にはこんな女性がいらっしゃるものなんですね。あなたは確かにラドフォールの妖精が産んだお方だ」

一番前にいた男が信じられないという風に言った。一同感心したように頷《うなず》き合う。

「ところで奥様はどうして天文学の道具などお持ちで？」

鉄工所の職人がふと思いついたように聞いてきた。

「それは私が天文学者だからです」

ルナリアは煌《きら》めく瞳《ひとみ》で答えを返した。みなが不可解そうな反応を見せたので、ルナリアは持ち込んだアストロラーベについて説明した。軽く説明するだけのつもりが、あっという間に熱を帯びる。初めは興味を見せた領民達だったが、次第《しだい》にちんぷんかんぷんという顔になり、とうとう頭から煙《けむり》を吹《ふ》きだした。メイドのシモーネだけが腹をくくった顔で凜《りん》としていた。

「お、奥様……どうかその辺で……」

領民の一人が助けを求めるようにそう言った時——鉄工所の扉《とびら》が開いてヴォイドが突然姿を見せた。

「旦那様！」

ルナリアはぱっと微笑《ほほえ》んで立ち上がった。煙を吹いていた領民達は慌《あわ》てふためいて、ざざっと逃げるように距離を取る。

ヴォイドは鋭《するど》い瞳で彼らを一瞥《いちべつ》し、駆《か》け寄るルナリアを見下ろした。

「終わったか？」

「今、皆さんとお話をしていたところなんです。あと、コロッケをごちそうになっていました」

ルナリアは半分残ったまだ温かいコロッケを、ぱっと目の前に持ち上げた。

「とっても美味《おい》しいのでよかったらどうぞ」

口元に差し出されたそれを、ヴォイドはいささか困ったような顔つきで見やる。

「お嫌いですか？」

首をかしげて問いかけると、ヴォイドは小さく「いや」と言って、コロッケを一口ぱくりと食べた。それを見たメイドと領民達は仰《の》け反《ぞ》る。

「……ジョニー二世はどうした」

ヴォイドは何となく不機嫌《ふきげん》そうな顔で聞いてきた。

「あ、どうなりましたか？」

ルナリアは放置されていたそのことを確認《かくにん》する。問われた職人ははっとして、

「三日ほど待っていただきたく……」

冷や汗を伝わせながら言った。

「分かった、なら三日後に取りにこさせよう。頼《たの》んだぞ」

そう言うと、ヴォイドはルナリアを連れて鉄工所を出た。

来た時と同じ位置に馬車が停《と》められているのが見えたが、執事《しつじ》のスライディーの姿はなかった。まだ仕事があって残っているのだろう。

馬車に乗り込む直前、ヴォイドがふと思いついたように言った。

「ルナリア、何かいるものがあるか？」

何の脈絡《みゃくらく》もなく問われて返答に困っていると、

「ここならいくらでもほしいものが手に入る。必要なものがあれば言え」

様々な店が立ち並ぶ大通りを示され、ルナリアは目を輝《かがや》かせる。

「新しい製図ペンがほしいです。先が潰《つぶ》れてしまって……」

「それでしたら奥様、すぐ近くに文具を扱《あつか》っている店がございますよ」

後ろに控《ひか》えていたシモーネがパンッと手を叩《たた》きながら言った。

「ラドフォール伯爵家御用達《ごようたし》の大店《おおだな》ですから、品揃《しなぞろ》えも十分かと。私がご案内します。本当にすぐ近くなので……」

メイドはちらっと主《あるじ》の方を見て許可を求めると、先頭に立って歩き出した。ヴォイドが後に続き、ルナリアはその斜《なな》め後ろで辺りを見回しながら歩く。

良い匂《にお》いのするパン屋やレストラン。ガラス張りのショーウィンドウに煌びやかな流行の服が飾《かざ》られた洋服店。異国の品が溢《あふ》れかえる独特な香りを漂《ただよ》わせた雑貨店。野菜や果物《くだもの》の積まれた露店《ろてん》も見える。

目を奪《うば》われながら歩いていると、道路を挟《はさ》んだ向かい側にある一軒《けん》の店に目が留まった。ルナリアは馬車の行きかう大通りを渡《わた》り、反対側の店に足を踏《ふ》み入れる。

仮面、本、スカーフ、テーブル……いったい何の店だかよく分からない、統一性のない商品展開。そんな中に一枚のタペストリーがかけられていた。

「……すてき」

それは星座の図柄《ずがら》が刺繍《ししゅう》された大きなタペストリーだった。

これが屋敷《やしき》にあったらどんなに素敵だろう……。

うっとりするルナリアの近くで通りすがりの婦人が店の中を覗《のぞ》き、「相変わらずこの店はセンスが悪いわね」などと言ったが、そんな言葉は耳にも入らない。

「旦那様、これを居間に飾ったら……」

そう言って振《ふ》り返り、はたと気付く。ヴォイドとシモーネの姿がない。

「？　二人ともどこへ……」

慌てて店から出るが、見知らぬ人の波の中に彼らは見つからなかった。

やってしまった……

夢中になると同行者を忘れてはぐれてしまうのは、ルナリアの得意技である。

きょろきょろと辺りを見回しながら通りを歩く。

目的の店はすぐ近くだと言っていたけれど……そう思いながら近くの路地に入ったところで、後ろから突然肩をつかまれた。

「旦那様？」

ぱっと振り返りながらそう声を発したが、そこにいたのは夫ではなかった。

見知らぬ男だ。いや――どこかで見たような……数秒考えて思い出した。彼はさっき鉄工所で、ルナリアを見ながら青い顔をしていた男だ。

「お嬢様《じょうさま》……」

かすれた声で男は言った。ルナリアが何ですかと聞き返す前に、彼はその場に跪《ひざまず》いた。額を地面に擦《こす》りつけ、ぶるぶると震える。

「お嬢様……お許しください、お嬢様……」

ルナリアは呆気《あっけ》にとられてその姿を見下ろした。

「あの……あなたは……？」

「お願いです！　どうか私のことを許すと……！」

男は突然大声を上げてルナリアのスカートにすがりついた。

驚《おどろ》いてよろめき、背中を路地の壁《かべ》にぶつける。

「待ってください、私はあなたを知りません」

ルナリアが必死に言っても男はルナリアの足から離れようとしない。

頭の中に以前母と交《か》わした会話がよぎった。人前に出ることを禁じられるようになったルナリアに、母は切々と説いたのだ。

『ルナ……お外には危険な人がたくさんいるの。淑女《しゆくじよ》がみだりに出歩いてはいけないのよ。ルナが大事だからお母様はそう言うの。分かってちょうだい』

お母様の言っていた危険な人というのは、こういう人……？

「放していただけますか？」

ルナリアは困惑《こんわく》しつつも男の手を解《ほど》こうとしたが、あまりに強くスカートをつかまれていてびくともしない。

「私はずっと後悔《こうかい》してきました。メレディアお嬢様……！」

彼が一際《ひときわ》声を大きくしたその時、背後から伸《の》びた手が男の襟首《えりくび》をつかんだ。

その手に強く襟を引っ張られ、男は首を絞《し》められたような声を漏《も》らして後ろにひっくり返る。険しい顔で男を見下ろしているのはヴォイドだった。

「あ、旦那様……よかったです。私、はぐれてしまって……」

ほっとしながら言うと、ヴォイドはじろりとルナリアを睨《にら》んだ。

「その話は後で聞く。向こうに行っていろ」

「ああ奥様！　大丈夫ですか？　あんな暴漢に襲《おそ》われるなんてお可哀想《かわいそう》に……どうかこちらへ」

ヴォイドの後から駆けてきたメイドのシモーネが、背を押《お》して路地からルナリアを連れ出した。残った二人が気になって振り返るルナリアに、彼女は硬《かた》い笑顔で言う。

「奥様、見てはいけません」


ヴォイドは路地にうずくまる男を冷ややかに見下ろした。

「お前の顔には覚えがある。以前、屋敷に勤めていた者だな？　私が当主を継《つ》いだ際に解雇《かいこ》した。確か……ホセといったか？　こんなところで何をしている」

すると男――ホセははっと顔を上げた。

「!?　若君様！」

青い顔が驚愕《きょうがく》に彩《いろど》られる。

「答えろ。私の妻に何をしようとしていた」

凍《い》てつく瞳で詰問《きつもん》されたホセは、震《ふる》えながら平伏《ひれふ》した。

「……お許しください」

振り絞《しぼ》るような答えが返ってくると同時に、ヴォイドは彼の手の甲《こう》を踏みつけた。ホセは痛みで呻《うめ》き声を上げる。ヴォイドはそれにも顔色一つ変えず、ぎりぎりと踵《かかと》をめり込ませた。

「誰が許しを請《こ》えと言った。私は答えろと言ったんだ」

「う、ぐっ……何もお答えできません。ど……どうか……お許しください」

ヴォイドは益々《ますます》力を入れてホセの手の骨を砕《くだ》き潰さんばかりに踏み躙《にじ》る。

「私を恨《うら》んで彼女に報復しようとでもしたか……？」

するとホセはにわかに顔を上げ、痛みを忘れ去ったかのようにうっすらと笑った。

「恨む……？　いいえ、私は解放されたのです。今日まで自分のしたことなど忘れて平穏《へいおん》に暮らしていました。それが……ああ……あの方はまた私の前に現れた……。恨まれているのは私の方だ……」

言うなりホセは泣き崩《くず》れた。悲鳴にも似た声を上げて正気を失ったように泣きわめく。ヴォイドはホセの手から足をどけ、怪訝《けげん》な顔で見下ろした。

「……お前が彼女に恨まれるようなことをしたというのか？」

もう一度問い質《ただ》すが、ホセはそれ以上何も答えようとはしなかった。

ルナリアは馬車まで連れ戻《もど》されるとすぐさま乗せられた。

「本当になんてことかしら！　奥様に不埒《ふらち》な真似《まね》をするだなんて……旦那様《だんなさま》に息の根を止められるかもしれませんね」

向かい合って座ったシモーネが憤《いきどお》りをあらわにする。ルナリアが落ち着かない気持ちでしばらく待っていると、ヴォイドが戻ってきて馬車に乗り込んだ。

「旦那様、すみません。私、よそ見をしてしまって……」

ヴォイドはルナリアの隣に腰《こし》を下ろして厳しい表情を向けてくる。

「お前、あの男に何をされた」

「え？　あの方に？　スカートを引っ張られただけですが……」

「そうじゃない。あの男に許しを請われるようなことをされたはずだ。いくら問い質してもあの男は答えなかった」

ルナリアはさっきのことを思い出し、軽く首を振った。

「いいえ、旦那様。あの方は私に謝っていたのではないと思います。あの方は――私をメレディアお嬢様と呼びました。私のお母様のことです。あの方は、お母様のお知り合いだと思います。いったいどういう関《かか》わりのある方なのでしょう……」

口元を軽く押さえて考え込んだところで馬車が発進した。ガラガラと揺《ゆ》れる馬車に身を預けて思案していると、

「あの男は以前屋敷に勤めていた者だ」

ヴォイドが低い声で言った。

「ああ、そうだったんですか！　それならお母様を知っていて当然ですね。お母様はラドフォール伯爵家《はくしゃくけ》の出身で、嫁《とつ》ぐ前は、あのお屋敷で暮らしていたそうですから」

ルナリアはようやく得心がいって頷《うなず》いた。

「そうらしいな。先代の……従弟の娘……だったか？」

ヴォイドが記憶を手繰《たぐ》るように視線をさまよわせる。

「はい……あの方は、お母様に何の許しを請おうとしたのでしょう？　……お母様に何か酷《ひど》いことをしたのでしょうか？　そんな話は聞いたことがありませんが……。お母様の思い出話に出てくる故郷はとてもいいところなんです」

夢見るような瞳《ひとみ》で故郷を語る母の姿を脳裏《のうり》に浮《う》かべる。

「……その割には、お前の母親は一度も里帰りをしていないな。私の記憶にある限り、ワーゲン伯爵夫人が里帰りしたことはないはずだ」

難しい顔で黙《だま》っていたヴォイドが言った。ルナリアは傍《かたわ》らの夫を見上げた。

「それは……お父様が許さなかったからです」

「ワーゲン伯爵が……？　何故《なぜ》だ？」

「……分かりません。けれど、何か複雑な理由があるのだと思います」

里帰りしたいという母の願いを、父は一度も叶《かな》えなかった。母は可哀想な結婚などしていないとルナリアは信じているけれど……両親は劇的な出会いで惹《ひ》かれあった仲の良い夫婦だと信じているけれど……たぶん二人の間にはそれ以上の何かがあるのだということを、ルナリアはかなり幼いころから感じていた。

「理由を聞かなかったのか？」

「そんなことを聞いたら、二人を困らせてしまうではないですか」

ルナリアはそう言って微《かす》かに笑った。それを見た途端《とたん》、ヴォイドの表情がこの上なく不機嫌《ふきげん》なものに変わる。

「そんな顔で笑うな。見るに堪《た》えない」

「そんなって……どんな顔ですか？」

「泣きそうに見える……笑いたくないなら笑うな」

ヴォイドはまるで怒《おこ》っているように見えた。けれど……そうじゃないということはすぐに分かる。怒っているのではなくて……この人はルナリアを心配してくれているのだ。それを感じ、ぽわぽわと胸の中が温かくなるような気がした。街へ向かう途中で頭を撫《な》でられた時の感触《かんしょく》を思い出す。

「旦那様……手に触《さわ》ってもいいですか？」

「……何だ、急に」

ヴォイドの不機嫌顔が一瞬で困惑の色を帯びる。ルナリアがじっと目を見つめると、ややあって彼は手を差し出してきた。

「……こんなものに触ってどうする」

ルナリアは両手でヴォイドの手を包み込むようにして、膝《ひざ》の上に置いた。ひんやりとしたその手の感触に、不思議なくらいの安心感を覚えた。

「旦那様……私、旦那様を好きになってもいいんですよね？」

ルナリアのその唐突《とうとつ》な問いかけに、ヴォイドはますます困惑を深めた。向かいに座っていたメイドのシモーネが息を呑《の》んだ。

「……何の話だ？」

「何の話なのでしょう……？　ただ、それを確認《かくにん》したい気持ちになって……」

ルナリアは自分でも理解出来ずに首をかしげた。ううんと考え込むと、胸の中に何かすとんとはまるものがあった。たぶん自分は幸せな気持ちになったのだ。好きになってもいい人が当たり前のように側《そば》にいてくれて、嬉《うれ》しいのだ。

「旦那様も、私を好きになっていいですからね」

ほわっと笑いながら言って、はっと気がつく。そうだ……夫婦になって、相手を好きになってもいいということは……裏を返せば他の人を好きになってはいけないということだ。ルナリアを娶《めと》ったヴォイドは、妻であるルナリア以外の女性を好きになることが今後許されなくなったのだ。

「旦那様！　私、急いで旦那様好みのいい女になりますから！」

結婚するということは、こんなにも責任重大なことだったのだ……焦《あせ》った気持ちになってヴォイドの手を益々ぎゅっと握《にぎ》ると、彼は淡《あわ》く息をついて滑《すべ》らせるように手の位置を入れ替《か》えた。スカートの上に置かれたルナリアの手をすっぽりと覆《おお》い、なだめるように押さえ込む。ルナリアの両手を片手で包み込んでしまえるほど、ヴォイドの手は大きかった。

「別に今のままでもいい。変わってほしいと思うところが、今のところ見当たらないからな」

その言葉が胸の中に届いた途端、ルナリアの心臓がぎゅっと引き絞られるように痛んだ。胸の中が熱い……。体の中身が全部溶《と》けて、溢《あふ》れてしまいそうになる。

どうしよう……本当に幸せだ……こんな気持ちを何というのだったたっけ……

ルナリアは微かに上気した顔で傍らの夫を見上げた。

その横顔を見ていて、ふとした疑問が生まれてくる。

「何だ？」

ヴォイドがルナリアの視線に気付いてちらとこっちを見た。

「いえ、なんでもないです」

ルナリアは赤い顔でぱっと目を逸《そ》らし、それ以降何も言えなくなってしまった。


初めての外出で生じた疑問は翌日になっても消えなかった。

それは考えてみれば、どうして今まで気にせずにいられたのかというくらいのことだった。

昨日に続いてこの日もヴォイドは外出していた。

ずっと部屋に閉じこもって勉強していると、時々その疑問が頭に浮かんだ。勉強中に他のことを考えるのは珍《めずら》しくて、落ち着かない気持ちになった。

そんな風に一日を過ごして、夜になってもヴォイドは戻ってこなかった。

いつも通り天体観測をするが、その日は雲が厚くて星がほとんど見えない。少し経《た》つと雪が舞《ま》い始めた。雪の勢いは次第《しだい》に増し、どんどん降り積もって辺りを白く覆ってゆく。ルナリアは急いで道具を片づけると、自分の部屋に戻った。

勉強しているとあっという間に数時間が経過して、ルナリアはのどが渇《かわ》いてきた。

こんな深夜にメイドを呼ぶのも気の毒で、部屋を出て厨房《ちゅうぼう》まで向かうと、一階に下りてすぐの廊下《ろうか》で執事《しつじ》のスライディーと鉢合《はちあ》わせた。

「旦那様がお戻りですよ」

スライディーにひっそりとした声で言われ、ルナリアはぱっと表情を明るくした。

小走りに廊下を進んで居間の扉《とびら》を押《お》し開けると、暖炉《だんろ》で温められた部屋のソファにヴォイドが座っていた。

彼は足を投げ出して、背もたれに頭を預けて目を閉じている。疲れているらしく、眉間《みけん》に深くしわを刻んで眠《ねむ》っていた。コートは脱《ぬ》いでいるけれど、スーツは着たままでいささか窮屈《きゅうくつ》そうに見える。

「旦那様……お帰りなさい」

ルナリアはそっと声をかけた。ヴォイドが目を覚ます気配はない。

「あの……寒くありませんか？」

どうしよう……起こした方がいいのだろうか？　それとも少しこのまま眠らせてあげた方が？　それなら石炭を補充《ほじゅう》した方がいいのでは？　ヴォイドの周りをうろちょろしながらルナリアは迷った。

そこでふと視線を下げ、ルナリアは、あっ……と思う。

どこをどう歩いたのか、ヴォイドの靴《くつ》の隙間《すきま》には雪が詰《つ》まって溶けかけていた。

ルナリアはヴォイドの足元に座りこんで、

「旦那様《だんなさま》、靴を脱いだ方がいいようです。脱がせますよ。いいですか？」

そう確認してから靴紐に手をかけた。きつく結ばれた靴紐は濡《ぬ》れて益々《ますます》固くなり、解《ほど》くのに難儀《なんぎ》してしまう。それを解いてそっと靴を脱がせても、ヴォイドは目を覚まさない。両の足から靴を脱がせ、濡れた靴下も脱がせ、ルナリアは驚《おどろ》いた。ヴォイドの足は氷のように冷たくなっていた。

どうしよう……お湯？　毛布？　きょろきょろと辺りを見回すが、暖炉以外に熱源はないし、人の姿もない。まさか暖炉に足を突《つ》っ込むわけにもいくまい。

可哀想《かわいそう》なくらい凍《こご》えてしまったこの足を早く温めてあげたいのに……。

そこでいいことを思いついた。熱源ならもう一つあるではないか。

ルナリアは腰を浮かせてスカートの中に手を入れると、ドロワーズをたくしあげた。

そうしてあらわになった自分のももの上にヴォイドの両足をそうっとのせる。強烈《きょうれつ》な冷たさに身震《みぶる》いしながらその足にスカートをかぶせてじっとしていると、熱がどんどん奪《うば》われて、少しずつ同じ温度になってゆくのが分かった。

ほっとして夫の顔を見上げると、昨日生じた疑問が不意に蘇《よみがえ》ってきた。

何やら恥《は》ずかしくなってきて、頰《ほお》が暖炉の照り返し以上に朱《しゅ》を深める。

ルナリアはぼうっとしながらヴォイドを見つめた。

好きだな……

その時、彼はぴくりとまぶたを動かし目を開けた。

ヴォイドは軽く視線を落とし、足元に座っているルナリアと目を合わせてびくっとした。突然目覚めた夫に驚き、ルナリアの体もびくっと跳《は》ねる。

「お前……そんなところで何を……」

そこまで言ったところで、ヴォイドは自分の両足がルナリアのスカートの中に入っていることに気がついた。

何が起きているのか理解出来なかったに違《ちが》いない。彼は絶句して凍《こお》り付いた。

足が冷えていたので温めていました――ルナリアはそう答えようとして、

「旦那様のことが好きだなって考えていたんです……」

口は思考に反してそんな言葉を紡《つむ》いでいた。己《おのれ》の言葉を耳から聞いて、ルナリアは驚きに固まる。え？　今……自分は何て言った……？　旦那様のことが好き……？

さっき胸の中にぽこんと浮《う》かんだ気持ちが蘇る。この人の顔を見て……好きだなって……。それを認識《にんしき》した途端《とたん》、火が出るほどに顔が赤くなった。

この人が好き……

何で気付かなかったのだろう？　昨日から……いや、もっと前から……たぶん初めて出会った日から……この気持ちの芽は生まれていたのに……

「どうしましょう……私、旦那様のことがすごく好きみたいです。天文学の千分の一くらい好き」

突然の告白を受けたヴォイドは、受け止めきれないのか反応がなかった。

両者しばらく沈黙《ちんもく》した後、ルナリアは赤くなった頰を隠《かく》すように俯《うつむ》き、

「あの……疑問に思ってしまったことがあって……聞いてもいいですか？」

唐突にそう言うと、ようやくヴォイドは「何だ」と聞き返した。

「……ええと……旦那様は……………子供が欲しくないのかな……と、思って……」

恥ずかしいことを口にしているようで、ルナリアは熱い頰を押さえる。

「……わ、私は……子供がいた方が……いいような気がするので……。うっかりして

いたのですが、ええと……寝室《しんしつ》が別のままだと…………あの、足を……あまり動かさないで……」

　自分の意思が及《およ》ばぬ他人の体が肌に触《ふ》れる感触《かんしょく》に慣れず、ルナリアがそう言うと、彼はスカートの中から足を引き抜《ぬ》きルナリアの膝《ひざ》を挟《はさ》む位置に下ろした。

　せっかく汚《よご》れないようにしていたのにと思い、少しがっかりしながら顔を上げると、ヴォイドは険しい表情でルナリアを見下ろしていた。

「……子を作るには、それなりのことをしなければならないが、お前はそういうことを分かって言っているか？」

　聞かれてルナリアは驚いた。

「私、それを理解出来ないほど子供に見えているのですか？」

「子供に見えているわけじゃないが……そういうことに関心がなさそうに見える」

「え……関心がないということはありません。自分がどう生まれてきたのか……そのことに関心を持たない人間はいません」

　そこでルナリアの表情には僅《わず》かに影《かげ》が差した。頭の中に昔の光景がちらつく。そんな妻を見つめ、ヴォイドはしばらく黙《だま》りこんだあと零《こぼ》すように言った。

「私は――子供が好きじゃない」

そう言われ、ルナリアはどきっとした。胸の中に痛みが生じてうなだれる。

「そうですか……でしたら……」

今の話は忘れてください――ルナリアがそう言おうとした時、

「だが――跡継《あとつ》ぎは必要だろうな」

そんな言葉を続けられ、ルナリアは俯いたまま身じろぎ出来なくなった。

それはつまり……そういうことだろうか……？

「あの……はい……私もそう思います」

下を向いたまま赤い顔で小さく答える。ヴォイドはそんなルナリアに手を伸《の》ばし軽く手首を握《にぎ》った。ルナリアは緊張《きんちょう》して肩に力を入れてしまう。

「…………手荒《てあら》く触れたら壊《こわ》れそうだ」

ヴォイドは息を詰めるように言った。ルナリアはちらと目線を上げる。

「でも、旦那様は手荒くなさったりはしないでしょう？」

この人が乱暴なことをするなんて想像も出来ない。

「ええと……いつにしましょうか……？　私はいつも夜中に起きているので、旦那様と同じ寝室で寝《ね》るのは難しいかもしれないのですが……。雨や雪の降っている日なら……。あ……今夜も、雪……ですね」

しんしんと降り積もる雪に後押しされて言った。

「……お前の中に天体観測を後回しにして私と同衾《どうきん》する選択肢《せんたくし》はないのか」

声にやや呆《あき》れた気配を滲《にじ》ませてヴォイドは聞いてくる。

「え？　だってもったいないですし……」

至極当たり前のことを告げるように、ルナリアはするりと答えた。

「……その分では忘れていそうだが……私とお前はまだ婚礼を済ませていない」

「え？　ああ……そういえばそうでした。……え!?　私はもしかしてまだ旦那様の妻ではないのですか!?」

ルナリアは愕然《がくぜん》とした。

「正式に言えばそうだな……。婚礼には、お前の両親を招こうと考えている」

ヴォイドは握ったままだったルナリアの手を軽く揺《ゆ》らして言った。意外な言葉にルナリアは驚く。この地域の婚礼は、婚家の親族のみで開かれることが多い。

「お前はいつも両親の話をする時、嬉《うれ》しそうな顔をするだろう？　会いたいんじゃないかと思った」

そう言われてルナリアは目を真ん丸にした。

どうしてこの人はこんなにルナリアの気持ちを慮《おもんぱか》ってくれるのだろう？

悲しんでいた母を慰《なぐさ》めもせずに嫁《とつ》いでしまった。父と会うのは最後かもしれなかったのに、嫌いだなんて言ってしまった。どうしてもっときちんとお別れ出来なかったのだろう……と、心の端《はし》に引っ掛《か》かっていた。

「……旦那様の招待なら、お父様もきっと反対はなさらないと思います。それが終わったら、私は旦那様の妻なのですね」

そう言ってルナリアは微笑《ほほえ》んだ。ヴォイドの瞳《ひとみ》が優《やさ》しげに細まる。そういう表情は初めてだった。ヴォイドはそのまま少し沈黙して、僅かに顔を近付けてきた。

「婚礼を終えて……それから初めて雪が降った夜ならいいか？」

数秒置いてその言葉の意味を解し、ルナリアの頬は色付いた。

「はい……それでいいと思います」

そこで会話が途切れた。そろそろ部屋に戻《もど》って勉強の続きをしなければならないが、もう少し一緒《いっしょ》にいたいと思うと体が動かない。ジジジと暖炉の火が音を立てる。

「……お前、何かほしいものはあるか？」

ヴォイドはルナリアの手をつかんだまま急に聞いてきた。

「え？　あ……昨日ペンを買いそびれてしまいましたね」

「いや、そういうものじゃなく……天文学の道具以外でほしいものはあるか？」

「？　……どうでしょう？　考えたこともありませんでした」

「……そうか、分かった」

その言葉を最後にヴォイドは口をつぐんだ。何が分かったのだろうと不思議に思いながらも、ルナリアはじっと彼の足元に座り続け――二人は執事《しつじ》が様子を見にくるまで動かずにいた。


そしてそれから十日ほどたったある日の昼――

目を覚まして寝室から居室へ出たルナリアは仰天《ぎょうてん》した。

そこには部屋を埋《う》め尽《つ》くさんばかりの品物がずらりと並んでいた。

金属製の衣装掛けに吊《つ》られた色取り取りのドレス。蝶《ちょう》を思わせる形をした優美な蘭《らん》の鉢《はち》。異国風に絵付けされた陶器《とうき》の花瓶《かびん》と、そこに活《い》けられたかぐわしい花々。ローテーブルの上には数えきれないくらいの宝石がのせられた絹張りの箱。

溢《あふ》れかえった品々に囲まれて、ルナリアは自分が寝ぼけているのだろうかと考え、しばしその場に立ち尽くした。

ルナリアが放心していると、ノックの音がしてメイド達が入ってきた。

「おはようございます、奥様」

「おはようございます、あの……これはいったい……」

「旦那様《だんなさま》からの贈《おく》り物でございます」

ルナリアの面倒《めんどう》を一番よく見てくれるメイドのタビサが、微笑みを添《そ》えて答えた。

「?? 旦那様から？　いったいどうして？」

突然過ぎて全く意味が分からない。

「旦那様はきっと、奥様が可愛《かわい》くて仕方ないんですよ」

と、浮かれた声で応《こた》えたのは同じくメイドのシモーネだ。

「このドレスだって、ほら！　全部特注品なんですからね」

うふふと笑いながら、シモーネは吊られたドレスを手に取った。

そう言って、マーメイドラインの青いドレスをルナリアの体に当てる。

その時部屋の扉《とびら》が開いてヴォイドが姿を見せた。メイド達は表情を硬《かた》くし、部屋の隅《すみ》へ下がる。ルナリアは夫の方に体を向け、ぱっと笑顔になった。

「おはようございます、旦那様。ありがとうございます」

「ああ、何か気にいる物があったか？」

ヴォイドは目の前まで来ると辺りの品に目をやった。

ルナリアは嬉しそうに笑いながら答えた。

「いえ、気にいる物は特にありませんが……。でもこれは旦那様が私のためを思って用意してくださったのでしょう？　それなら嬉しくないわけありません」

正直すぎる答えを返したルナリアに、ヴォイドはやや鼻白んだ顔になった。

「……ペンの先が潰《つぶ》れたと言っていたな。買っておいた」

手に持っていた小さな布張りの箱を無造作に渡《わた》してくる。それを見てルナリアは目を輝《かがや》かせた。その輝きはドレスや宝石を見た時の比ではない。

「わあぁ！　ハリエット社製の製図ペン！　ありがとうございます！」

ルナリアは社名の箔押《はくお》しされた箱を両手で掲《かか》げ、くるんと一回転した。

ヴォイドは数回まばたきし、呆れた顔になった。

「お前は本当に天文学にしか興味がないんだな」

「私の心の中にある千個の部屋の、九百九十九は天文学で埋まっていますから」

ルナリアは誇《ほこ》らしげに胸を押さえて言ってのけた。

ヴォイドはやや険しめの表情でこちらを見下ろし、ルナリアの手首をつかむと自分の方へ引き寄せる。ルナリアはその勢いでヴォイドの胸に倒《たお》れ込み、気付くと腕の中に捕《とら》えられる格好となっていた。ヴォイドはルナリアの腰《こし》の後ろで手を組んでおり、逃《のが》れることが出来ない。

「旦那様？」

突然の行為《こうい》に驚《おどろ》いて、ルナリアは目を白黒させた。そんなルナリアを間近で見据《みす》え、ヴォイドは詰問《きつもん》してくる。

「残りの一つは空《あ》けてあるんだろうな？」

「え？　もちろんです。最後の一部屋は隅から隅まで旦那様のものです」

素直に答えると、ヴォイドは口の端を微《かす》かに持ち上げた。

「ならいい……ペン以外にほしいものはないのか？」

「ないわけではありませんが……緊急《きんきゅう》に必要というわけではないので」

「言ってみろ。一番ほしいものは何だ？」

急《せ》かされて、ルナリアは視線を左右に彷徨《さまよ》わせた。

「一番ほしいもの……そうですね、メリー・ドロリーズ社製の大型望遠鏡です。望遠鏡が光を集める力は口径の二乗に比例するので、大きい方がいいんですよ」

「望遠鏡？　分かった。ならそれを用意してやる」

そう言われてルナリアは慌《あわ》てた。

「いけません！　無理です。大型望遠鏡はこれらの品とは桁《けた》が違《ちが》います。易々《やすやす》と買えるものではありません。大口径のものは故郷の天文台にだってありませんでした」

身を捩《よじ》りながら言うと、ヴォイドはムッとした顔になった。

「……そうか」

と、呟《つぶや》いて口を閉ざしてしまう。

「あの……旦那様、いつまでこの体勢で……？」

ルナリアは抱《だ》き合うのにも似た姿勢にそわそわしながら尋《たず》ねる。嫌ではないけれど恥《は》ずかしい。部屋の隅に控《ひか》えていたメイド達が気配を殺して退室してゆく。

「……今日は寒いから温まっているだけだ」

ヴォイドはぼそっと言った。

「あ、そうでしたか……それなら、どうぞお好きなだけ」

ルナリアは納得《なっとく》して頷《うなず》いた。以前ヴォイドの足を温めた時のことを思い出し、ぎこちない動きで顔を上げる。バチッと目が合ってしまい、射竦《いすく》められたようにルナリアは目を逸《そ》らせなくなった。

間近にあるヴォイドの瞳も、まばたき一つすることなくルナリアに据えられている。

この人の鋭《するど》い目が好きだ……不意にそう思う。低い声が耳の奥に響《ひび》くのが好き……ルナリアの話をじっと聞いてくれる時の顔が好き……優しく触《ふ》れてくれる大きな手が好き……今触れ合っているルナリアより低い体温が好き……ルナリアをいつも気にしてくれるお人好《ひとよ》しな所が好き……どうしよう……どうしてこんなに好きな所ばかりがいっぱいあるのだろう？

世界中の人が聞いている前で、この人を好きだと叫《さけ》びたいなと思った。誰に知られたってこの気持ちは咎《とが》められないのだ。隠《かく》す必要も殺す必要もない。

「私……早く旦那様の妻になりたいです」

するりと口にしてしまい、はっとする。

「あの、そういう意味ではないですよ」

「そうか……私もお前を早く妻にしたいと思っている」

ヴォイドはルナリアの顔を覗《のぞ》きこんでそう答えると、僅《わず》かに口角を上げた。

「言っておくが、これはそういう意味だ」

そう言われてルナリアの全身はうっすらと赤くなる。

「ええと……早く、雪が降るといいです……ね」

意図せずそんな言葉が唇から零《こぼ》れていた。するとヴォイドは一瞬目を見開き、

「……そうだな」

と言った。ルナリアは忙《せわ》しく鼓動《こどう》する胸を押さえて夫の腕の中に納まっていた。

第三章　彼の理由

ルナリアとヴォイドの婚礼が行われるのは二月後《ふたつき》に決まった。

早く時間が経《た》てばいい……などと言いながら毎日せっせと天体観測に勤《いそ》しむルナリアを見て、ヴォイドはあることを思いつく。

そうして一月が経ったある昼のこと、ルナリアが目覚めた時間帯を見計らってヴォイドは彼女の部屋を訪ねた。

「おはようございます、旦那様。どうしたのですか？」

きらきらと瞳を輝かせ、ルナリアはヴォイドに駆《か》け寄ってきた。

「お前に見せたいものがある」

ヴォイドはそう言って、ルナリアを屋敷《やしき》から連れ出した。

玄関の前に用意した馬に彼女を乗せ、ヴォイドはその後ろへ座って馬を歩かせる。

ラドフォール伯爵家《はくしゃくけ》の私有地は広大だ。屋敷の周りには華麗《かれい》な庭園が広がり、そこを離れて更《さら》に行くと、森や川がある。そこには猟場番人《ゲームキーパー》が常駐《じょうちゅう》しており、客人を招いて狩猟《しゅりょう》を楽しむことも出来れば、釣《つ》りに興じることも出来る。

横座りしているルナリアを抱《かか》えたヴォイドは、馬を歩かせながらぽつりぽつりとそれらを説明した。ルナリアはいつものようにあれこれと問いかけながら、目の前の光景を楽しんでいるようだ。

ヴォイドの方はといえば、これから彼女がどんな反応を見せるかと思うと、妙《みょう》に落ち着かない気持ちがして景色などは二の次だった。

十五分も馬を歩かせた頃《ころ》、小高い丘《おか》が現れ、そこを上ると一軒《けん》の建物が見えた。後ろ半分は四角く平たい屋根の建物だが、前半分は複雑な形状で、いくつもの梯子《はしご》を備えた赤レンガの壁《かべ》と鉄骨が、建物よりも背の高い黒く巨大な円筒《えんとう》を囲む形になっていた。

「旦那様、あれは……まさか……」

ルナリアが強張《こわば》った声で聞いてきた。ヴォイドはそれに答えず、建物の横に馬を止めてルナリアを下ろした。

木戸を開けて建物の中に通すと、ルナリアは驚きに立ち尽《つ》くした。

ランプの明かりが灯《とも》った建物の中は、天井《てんじょう》が高くて広々としている。壁際には書棚《しょだな》がいくつも備えられ、数えきれないほどの本が収められていた。そして辺りには天文学に必要なありとあらゆる道具がずらりと並んでいるのだ。

ルナリアはふらりと外に出て、外の円筒を見た。

それは彼女がほしいと言った、メリー・ドロリーズ社製の大型反射望遠鏡だった。

「おいで」

ヴォイドは立ち尽くしているルナリアに言った。呼ばれるままについてくる彼女を誘《いざな》い、ヴォイドは建物の外側についている梯子を上って屋上に出た。あとから上ってきたルナリアの手を引いて屋上まで引き上げる。

そこにもやや小ぶりな望遠鏡が備わっていた。同じくメリー・ドロリーズ社製の反射望遠鏡である。小ぶりとはいっても身の丈《たけ》の二倍はあり、回転台には観測者用の椅《い》子《す》がついて便利に観測できるものだ。

「……旦那様、ここはいったい……」

ルナリアは呆然《ぼうぜん》とした様子で聞いてきた。

「天体観測所だ。おそらく敷地の中でこの丘が一番開けている。空を遮《さえぎ》るものは何もない。好きな時に好きなように使え。お前の部屋にある道具も全部運んだらいい。大型望遠鏡は桁が違うということだが……まあこの程度かというくらいだな」

実際に費用を聞いた時は度肝《どぎも》を抜《ぬ》かれたことを隠し、ヴォイドは肩をすくめた。

「どうして？」

硬い表情で尋ねるルナリアを見下ろし、ヴォイドは眉《まゆ》をひそめた。想像していた反応と違う。もっと単純に喜ぶのではないかと思っていたのだが……

「気に入らなかったか？」

「そうではなくて、どうしてここまでしてくださるのですか？　これはとってもお金がかかったはずです。しかもこんな短期間で……」

「違うな」

ヴォイドは不満げに言って、ルナリアの頰《ほお》を軽くつまんだ。

「何が違うのですか？」

「そういう顔を見たくてこの観測所を作ったわけじゃない」

「……どんな顔をしてほしかったんですか？」

率直《そっちょく》に聞かれ、ヴォイドは一瞬言葉に詰《つ》まった。しかし、

「……お前を笑わせたかったんだ」

そのことを正直に答えていた。

初めて一緒《いっしょ》に街へ出た時のことを思い出す。帰り道、泣きそうな顔で微笑《ほほえ》んだルナリアを見た時の動揺《どうよう》がどれほどのものだったか、彼女は知らないだろう。

最初に会った日から、ルナリアは毎日ヴォイドに笑顔を向けた。それはこの先もずっと当たり前に与えられるものだとヴォイドは思っていたが、そうではないのだ。

ルナリアが笑うのは当たり前のことではない。守《く》らなければ失われてしまう特別なことなのだ。それを思い知らされ、彼女の笑顔を曇《くも》らせる全てのものを排除《はいじょ》しなければとヴォイドは思った。それが彼女を妻にする自分の役目で、その役割を他の誰にも渡《わた》したくないと――

「私を好きだというお前を、もっと笑わせてやりたかった。だが……私は誰からも愛されたことがない。だから……人の愛し方が分からない。お前を笑わせたいと思っても、贅沢《ぜいたく》させる以外の方法を知らない」

こんな自分を彼女は好きだと言う。生まれて初めて向けられた好意は、苦痛にも似た喜びをヴォイドにもたらした。

本当の自分を知れば、ルナリアの心は離れていくに違いない。

自分を育てた祖父のことを思い出す。いつも機嫌《きげん》が悪く、毎日のように怒鳴《どな》り、暴力を振《ふ》るったあの男を……

自分の贅沢のために領民に無理な税を課し、逆らった者を死に追いやり、気に入った娘を手当たり次第《しだい》に屋敷へさらったようなあの男を……

幼い頃、毎日気を失うまでぶたれる度《たび》に、ヴォイドはあの男を殺してやりたいと思った。死にかけたことは一度や二度ではない。

そんな祖父に生き写しだと言われる自分の本性を知れば、ルナリアは二度と笑わなくなる——

あの男が死んで当主の座を継《つ》ぎ、ヴォイドは使用人や出入りの商人を切り捨てた。祖父に諂《へつら》いながら私腹を肥やし、怯《おび》えた被害者《ひがいしゃ》の顔をして他人から搾取《さくしゅ》している彼らが疎《うと》ましくて、彼らのその後の人生など考えもせずに追放した。自分は祖父と同じくらいには恨《うら》まれているに違《ちが》いない。

「お前は私を優《やさ》しいと言うが……本当の私のことなど何も分かってはいないよ」

ヴォイド・カイザークがどんな人間なのか、彼女にだけは知られたくないと願ってきたのだから——

ルナリアはじっと彼を見つめ返し、静かに口を開いた。

「……旦那様《だんなさま》が暴君と呼ばれていることは知っています。みんなに恐《おそ》れられていることも知っています」

その言葉を聞き、ヴォイドの思考は瞬間的に停止した。ルナリアは穏《おだ》やかに続ける。

「それでも私は、旦那様を優しい人だと思うんです」

「……どうしてそう思えるんだ」

締《し》まりきった喉《のど》で絞《しぼ》り出すように聞いていた。ルナリアは軽く首をかしげ、

「……旦那様が、私に優しい人間だと思われることを望んでいるから――です」

考えるようにしながら答えた。

「私が旦那様に良い妻だと思われたくて、旦那様の好みの女性像に近付こうとしたのと同じです。そもそも、本当の自分とは何ですか？　そんなものはどこに存在するのですか？『外側だけ取り繕《つくろ》っても、本当のお前は妻としては不適格な女だ』――なんて旦那様に言われてしまったら……いくら事実でも私は泣いてしまいますが」

言いながら、ルナリアはむうっと眉を寄せる。そんなことを言うわけがない――とヴォイドが口にする前に、ルナリアは言葉を重ねた。

「あなたの中身を一から百まで全部見せてくれなければ、信じられないし好きになれない――なんて思いません。あなたが私に見せたいと思った姿が、私にとってのあなたなんです。あなたが見せてくれたものを集めて、私はあなたを研究してきました。それだけであなたを優しい人だと信じることは……あなたを好きだと思うことは……いけないことですか？」

「……お前は馬鹿《ばか》だな」

ヴォイドは呟《つぶや》くように言ってしまった。それを聞いて、ルナリアは可笑《おか》しそうに笑った。

「はい、私は馬鹿なのだと思います」

きらきらと光が零《こぼ》れるような笑顔だった。

奇妙《きみよう》な快感に似た痛みが胸を締め付け、ヴォイドは自分がこれから先もこの痛みに苛《さいな》まれるのだと不意に感じた。

「ルナリア……お前を抱《だ》きしめてもいいか？」

「…………は？　……え!?」

あまりにも唐突《とうとつ》だったせいか、ルナリアはきょとんとした。

「あ……もしかして寒いのですか？」

そう聞かれ、ヴォイドは以前そう言って触《ふ》れた時のことを思い出した。あの時はどうして自分が彼女に触れたのか自分でも理解出来ず、無理矢理《むりやり》理由をこじつけたけれど……分かってみれば簡単なことだった。自分はただ――

「ただ、お前に触れたいと思っただけだ。それだけの理由でお前に触れるのはいけないことか？」

するとルナリアはたちまち鮮《あざ》やかに頬を染めた。

「いけなくありません……どうぞ」

彼女は緊張《きんちよう》した面持《おもも》ちでスカートをぎゅっと握《にぎ》った。

ヴォイドは彼女に手を伸《の》ばし、その華奢《きやしや》な体を抱き寄せた。肩口に顔を埋《うず》めると、ルナリアは全身を硬くしながらも、ヴォイドの背中に手を回してきた。その反応をどうしようもなく可愛《かわい》いと思い、ヴォイドは緩《ゆる》く深く息を吐《は》いた。

「あの……旦那様、ありがとうございます」

ルナリアが腕の中で不意に言った。それが観測所を用意したことに対する礼なのだと、ややあって気付く。

「気に入ったか？」

「……はい。うんと大事にします」

その答えが驚《おどろ》くほどの満足感をもたらしたことを感じ、自分はおかしな魔法《まほう》にでもかけられたかとヴォイドは訝《いぶか》った。

今だけのことではない。ルナリアの言葉は魔法に似ている。彼女に優しいと言われると、そう振舞《ふるま》いたいと思ってしまうのだ。彼女は……ヴォイドの良心だ。

「お前に国が一つ欲しいと言われたら……今の私は分かったと答えるかもしれない」

「え？　国⁇　それは天文学に何か使えるのですか？」

彼女は間の抜《ぬ》けた問いを返してきた。その発想はいかにも彼女らしく、ヴォイドは思わず笑いそうになる。この女が今まで天文学以外のものに目を向けたことはあるのだろうか……？　そう考え、ヴォイドは彼女と出会った時からずっと抱《いだ》いていた違和《いわ》感《かん》に思い当たった。彼女の言葉の端々《はしばし》や表情から、それは度々感じられた。ヴォイドは勘《かん》が鋭《するど》い。それは幼い頃《ころ》から祖父の顔色をうかがって生きてきた弊害《へいがい》であり、自分でも嫌気《いやけ》がさす特質の一つだった。

ヴォイドは己《おのれ》の勘が囁《ささや》くままに、彼女の耳元で問いかけた。

「ルナリア……前から思っていたことがある。お前、もしかして……」

「何ですか？」

ルナリアはヴォイドの背に腕を回したまま聞き返してきた。

その瞬間、答えを聞くことに恐怖心《きょうふしん》が生まれて口を閉ざす。

「……いや、何でもない」

ヴォイドは無理矢理話を切り、ルナリアを抱く腕に力を込めた。


ルナリアの道具はその日のうちに観測所へ運び込まれた。

建物の管理は近くの小屋に常駐《じょうちゅう》する猟場番人《ゲームキーパー》がするのだという。

ルナリアが不自由なく過ごせるよう、メイドが毎日交代で観測所についてくること

になった。

そうしてルナリアは毎日観測所に通い始めたのだった。

ヴォイドと共に午後のお茶をした後、使用人の引く馬で観測所を訪《おとず》れる。

溢《あふ》れんばかりの道具の中で勉強や研究や天体観測をしているうち、ルナリアは一つの問題点に突《つ》き当たった。

道具が多すぎる。あまりにも多すぎて使い切れない。使われずにじっと待っている道具を見ると、「早く僕を使って……」と言われているようでいたたまれない気持ちになるのだった。その悩みを解決する方法を思いついたのはルナリアが観測所を貰《もら》って十日目のことである。自分一人では使い切れないのなら、使える人がここにいればいいのだ。

「旦那様、私の知り合いの天文学者に観測所へ来てもらうのはどうでしょうか？」

その日の夕食の席でルナリアは斜《なな》め隣に座っている夫に言った。

「たくさんある道具を使ってもらったらどうかと思うのです。天文学者はお金に困っている人が多いですから、きっと喜ぶのではないでしょうか」

純粋《じゅんすい》に道具を使ってほしいとか、他の天文学者の力《か》になりたいとか……そんな気持ちの他に、ルナリアの中には観測所でヴォイドと交わした会話が残っていた。

もしかしてヴォイドは、自分が領民から暴君だと思われていることが、あまり嬉《うれ》しくないのじゃないだろうか？　ルナリアはごく単純な発想で、ならば人々を喜ばせて良い領主様だと思ってもらえばいいと考えた。

そんな思いを込めて笑いかけると、ヴォイドは予想外に長く思案した末に言った。

「……分かった。お前の知り合いを呼ぶといい」

いつもよりいささか声の調子が低い気がしたけれど、たぶん気のせいだろうと思ってルナリアは顔を輝《かがや》かせる。

「人が多ければきっと研究も進みます。新しい星を見つけたら、それに旦那様の名前を付けて差し上げますね」

きらきらとした瞳《ひとみ》で見つめるルナリアに手を伸ばし、ヴォイドは軽く頬《ほお》を撫《な》でた。


知っている天文学者に手当たり次第《しだい》手紙を書いた。

ラドフォール地方は北にあり、空気が澄《す》んでいて天体観測に向いている。

しかし何十年も天文学を禁じていたという話は有名で、ルナリアの誘《さそ》いに乗った学者は結局十人程《ほど》だった。

彼らは五日と経《た》たずにラドフォール伯爵家《はくしゃくけ》へやってきた。

観測所で待っていたルナリアは、到着した天文学者達を迎《むか》えて顔をほころばせた。

「シグ兄様！」

「よう、お嬢《じょう》！　元気にしてたか」

先頭にいた二十代前半の男が軽く手を挙げて笑った。彼はルナリアの兄弟弟子《でし》で、幾度《いくど》もルナリアの生家を訪ねてきた若き天文学者のシグだ。ぴんぴんとした短い髪の快活な男である。実際はルナリアの方が姉弟子になるのだが、年齢はシグの方が上なので、ルナリアにとっては兄弟子のような存在だった。

「どえらいところに嫁《とつ》いだなー。すげーじゃん。この規模の建物にあり得ないほど高性能な道具が揃《そろ》ってるし。あんな大口径の望遠鏡なんて見たのも初めてだ」

彼はからからと笑ってルナリアの髪をぐしゃぐしゃと撫でまわした。

「旦那様《だんなさま》はお優《やさ》しいんです」

「へー……街では伯爵の良い噂《うわさ》は聞かなかったし、他の学者連中もビビって誘いを断ってたけどなー。ここにいるのは恐怖より欲の勝《まさ》ったヤツだけなんだぜ。なー？」

シグが後ろの学者達に声をかけると彼らは背筋を伸ばして頷《うなず》いた。

二十代から五十代ほどの、よく知った学者達だ。ワーゲンの父が懇意《こんい》にしていて屋《や》敷《しき》に出入りしていたのである。

「ルナお嬢……いや、ルナ奥様！　我々をお招きくださって感謝します」

「まさか色気ゼロパーセントのあなたがラドフォール伯爵を落とすとは……」

「ラドフォールで天文学が解禁される日が来るとは思いませんでしたよ」

「ルナリアさまさまですな。頭が上がりません」

「いいえ、お礼は私の旦那様におっしゃってください。全て旦那様が用意してくださったのです。ですから私達は研究の成果を挙げて、旦那様を逆に喜ばせて差し上げましょう」

ルナリアはにこにこと笑いながら観測所の中を案内した。そこに用意された無数の道具を見て、学者達は少年のように目を輝かせる。

彼らは道具を囲んで車座になり、わいわいと興奮気味に話し合った。

ルナリアはその輪の中に入って、久方ぶりに彼らと長く言葉を交わす。しゃべることが上手《うま》くないルナリアだが、不思議と彼ら相手ならば話が通じるのだ。

シグが調子よく会話を誘導《ゆうどう》していき、あっという間に日が暮れる時刻となった。

ルナリアは夢中になり過ぎて時計も見ていなかったが、夕食の時間をかなり過ぎていたらしい。

「奥様、そろそろお戻《もど》りになりませんと……」

本日ルナリアに同行していたメイドのタビサが、そっと声をかけてくる。

「もうそんな時間なのですか？」

ルナリアは驚いて辺りを見回す。

「ええ、旦那様がお待ちのことと思います。これ以上遅《おく》れるともしや機嫌《きげん》を損《そこ》ねてしまうかもしれません」

タビサは落ち着かない様子でちらちらと窓の外を見た。

それを聞いた学者達の何人かが厳しい声を上げる。

「ルナ奥様さっさと帰りなさい！　伯爵様を怒《おこ》らせると領地から叩《たた》き出されます！」

「我々から研究する場所を奪《うば》う気ですか！」

「伯爵様のご機嫌を、じっくりねっとりとってくるように！」

言われてルナリアは首を捻《ひね》った。ヴォイドが怒る――？　想像出来ない。

「久しぶりに会えたんだから、ちょっとぐらいいいんじゃね？　俺はお嬢が全然変わってなくて安心したよ」

シグが軽く言って、隣に座っていたルナリアの首に後ろから腕を巻きつけた。自分の方にぐいっと引き寄せ、羽交《はが》い絞《じ》めにする。

全然変わってない――その言葉にルナリアは反応してしまう。

「シグ兄様――男の人というのは妻が自分の好みに変化したら嬉しいですか？　旦那様は私に変わらなくてもいいとおっしゃるのですけど」

尋《たず》ねた途端《とたん》、その場の一同がしんとなった。

「……伯爵はお嬢に変わらなくていいと言ったんだろ？」

「はい」

「それはつまり……そういうことだよ」

シグは呆《あき》れたように言って、ルナリアのこめかみに拳《こぶし》をぐりぐりとねじ込んだ。

「シグ兄様、痛いです。放してください」

ルナリアは羽交い絞めにされたまま、わたわたと足を動かした。

「無礼者！　奥様から手をお放しなさい！」

凛《りん》とした声で言い放ったのはタビサだ。

「こんなところを旦那様に見られでもしたら……」

彼女がそこまで言った時、観測所の木戸が外から開けられた。

そこから現れた人物を見て、タビサはざっと青ざめる。

「旦那様！」

ヴォイドは入ってくると、シグに羽交い絞めにされているルナリアを見て、一切の表情を打消しその場に立ち尽《つ》くした。

「馬鹿野郎《ばかやろう》、シグ！　ルナ奥様を放せ！」

学者達は大慌《おおあわ》てになり、シグをぽかすかと叩いてルナリアから手を放させる。

ルナリアは髪や服を乱したまま、ヴォイドに小走りで駆《か》け寄った。

「旦那様、迎えに来てくださったのですか？」

瞳を輝かせて夫を見上げる。

「……今、何をしていたんだ」

ヴォイドは妙《みよう》に抑揚《よくよう》のない声で聞き返してきた。

「？　シグ兄様に意地悪をされていました」

「兄様？」

「昔から兄妹《きようだい》のように仲良くしていた天文学者のシグ兄様です」

「初めまして、ラドフォール伯爵」

シグは立ち上がってにこやかに言いながらヴォイドに近付いてきた。

「僕達に研究の機会を与えてくださり感謝します。奥様とは昔から親しくさせていただいていて、同じ屋敷に住まわせてもらっていたことも……。秘密の話も打ち明けて

くれるような間柄《あいだがら》なんですよ」

その途端、周囲の学者達やメイドのタビサはぎょっとした顔になる。

シグと向かい合うヴォイドの瞳がたちまち険しいものになった。

「今日はどんな話をしたかお教えしましょうか。伯爵は絶対にご存じないと思いますよ。奥様はね——夜中に時々伯爵の部屋に入って、こっそりあなたの寝顔《ねがお》を眺《なが》めているらしいですよ」

突然ばらされた事実にルナリアは慌てふためく。

「シグ兄様！　それは秘密にしてくださいとお願いしたではないですか！」

シグの口を塞《ふさ》ごうと手を伸《の》ばすが、シグはぺいっとその手を払《はら》いのけた。

「あとは……そうそう」

シグは自分の鎖骨《さこつ》の辺りを指した。

「伯爵はここにほくろがあるそうじゃないですか。奥様はそのほくろが好きなんだそうですよ。どうしてそんな惚気話《のろけばなし》を延々聞かされなきゃいけないんだか……」

そこでシグが言葉を切ると、観測所の中はしんと静まり返る。

ルナリアは顔を押《お》さえてへなへなとその場に座り込んだ。

「酷《ひど》いです……内緒《ないしょ》にしてくれると言ったのに……」

全身をタコのように赤く染めてうずくまっているルナリアの手首を、不意にヴォイドが摑《つか》んだ。ルナリアがびくりと体を硬くすると、彼は手を引いて立ち上がらせる。

「帰るぞ」

そう言って、ヴォイドはルナリアを観測所から連れ出した。

ヴォイドの乗ってきた馬に横座りで乗せられ、ルナリアは帰路に就く。

「旦那様……勝手に部屋に入ってごめんなさい」

振《ふ》り向くことも出来ずに謝罪すると、真横で馬に跨《また》がっているヴォイドが顔を覗《のぞ》きこんできた。

「お前……私のほくろなんていつ見た」

その話を蒸《む》し返されてルナリアはドキッとする。

「え！　……あの……階段から落ちたのを助けられた時です。ちらっと見えただけなんですけど……。それがいいなと思って……」

言いながら顔が熱くなった。他の人は知らないのだろうと思うと特別なものを見たような気がして……そこまで考えて、ルナリアはある可能性に気がついた。

今までと質の違《ちが》うドキドキが胸を襲《おそ》う。

「……旦那様《だんなさま》のほくろを見たことがある人は……他にもいるのでしょうか？」

「それは……着替《きが》えの度《たび》に見られているだろうが、私が自分でもどこにあるのか憶《おぼ》えていないようなものを、他の人間は誰も気にしていないだろうな」

ヴォイドは何でもないことのように答えた。

そういうことを聞きたいわけではないのに……むうっと口を歪《ゆが》めて黙《だま》り込んでしまうと、ヴォイドは訝《いぶか》るように名前を呼んだ。

「ルナリア……？」

「……女の人……は？」

ルナリアは囁《ささや》くような小さい声でそう聞いた。

「ん？　女……？　……ああ、そういうことか」

ヴォイドはようやく意味を解したらしく、気まずそうに相槌《あいづち》を打った。

「……お前は……そういうことを気にするようには見えないのにな」

「……気にならないということはありません」

いつかと同じような会話を繰《く》り返す。

「今まで……好きになった人がいたなら……気になります」

「…………特定の相手に好意を持ったことはない」

最初に変な間があったのはどうしてなんだろうと思いつつ、ルナリアはその答えに頰《ほお》を染める。

「では、いつか旦那様が私を好きになってくださったら、私が初恋ということになりますね」

嬉《うれ》しげに笑うルナリアを見て、ヴォイドはぐっと眉間《みけん》に力を入れた。

「……お前はどうなんだ？」

「え？」

「私はお前の何番目だ？」

その問いにルナリアの胸の中はどくんと騒《さわ》いだ。どうして急にそんなことを聞くのかと違和感《いわかん》を覚え、少し迷った末に答える。

「……秘密です」

するとヴォイドはルナリアの腕をつかんで顔を寄せてきた。

「教えろ」

間近で言われ、ルナリアは驚《おどろ》いてとっさに離れようとするけれど、狭《せま》い馬上ではどこにも逃げられない。

暗がりの中、至近距離で詰《つ》め寄られ、ルナリアの心拍数《しんぱくすう》は跳《は》ね上がった。ルナリアをきつくつかんだまま、ヴォイドは脅《おど》すような声を出す。

「教えるまでは放さないし降ろさない。言え」

「……私が好きになることを許されたのは、旦那様が最初です」

「それは質問の答えじゃないな」

「……旦那様、何か怒《おこ》っているのですか？」

ルナリアはふと疑問に思った。するとヴォイドはさっと目を逸《そ》らし、手を放した。

「……いいや別に、何も怒っていない。……変なことを聞いた」

ヴォイドがそう言ったところで馬は屋敷《やしき》へ着いた。


ルナリアとヴォイドが屋敷へ入ると、玄関ホールで出迎《でむか》えた執事《しつじ》が妙に重苦しい表情をしていた。

「……旦那様、奥様、ワーゲン伯爵《はくしゃく》ご夫妻が婚礼に出席すると連絡がございました」

ルナリアはぱっと明るい笑みを浮《う》かべた。

「本当ですか？　よかった。お母様はどんなに喜ぶでしょう」

胸の前で両手を合わせ、生家に思いをはせる。嫁《とつ》いで以来一度も故郷の地を踏《ふ》んでいない母。どういうわけだか母にそれを許さなかった父。

「お母様は嫁ぐまでこの屋敷に住んでいたと聞きました。スライディーは会ったことがありますか？」

するると執事の肩がぴくりと反応する。

「……もちろんです。今でもはっきりと憶えています。お美しくお優《やさ》しい妖精《ようせい》のようなお嬢様《じょうさま》でした。慈愛《じあい》の精神においてあの方を越《こ》える者はないでしょう」

はっきりと言葉にされてルナリアの胸の中は温かくなる。街の人達もルナリアの母には好意的だった。そのことを頭に浮かべ、連鎖的《れんさてき》に思い出した。

「お母様が嫁いだ時のことは覚えていますか？　街の人達は、お母様が可哀想《かわいそう》な結婚をしたと言うのです。どうしてそんな風に思われているのでしょうか？」

問いかけると、スライディーの表情はまるで彫像《ちょうぞう》のように硬《かた》くなった。

「……奥様、知らぬ方がいいこともあります」

その答えにルナリアは目を見開いた。その答えはつまり、メレディアが可哀想な結婚をした――という根拠《こんきょ》を彼が持っているからに他ならなかった。

「いったいどうして？　お母様の何が可哀想だと？　私の両親のことです。教えてください。お母様が嫁いだ二十五年前に何があったのですか？」

両親には直接聞けなかったけれど、彼になら聞いてもいいのではないか――そう思ってルナリアがじっと見つめると、執事はしばし思案した末に口を開いた。

「……メレディアお嬢様は……あなたのお父上、テオルード様に……凌辱《りようじよく》されて妻にさせられたのです」

一瞬意味が分からずルナリアは混乱した。執事は妙《みよう》に無機質な表情で更《さら》に続ける。

「テオルード様は両家の親交を深める目的でその頃幾度《ころいくど》も当家を訪《おとず》れており……そこでメレディアお嬢様を見初《みそ》めたのです。テオルード様は元々、本家のお嬢様のどなたかと結婚なさる予定だったのですが、それを反故《ほご》にしてメレディアお嬢様を……懐妊《かいにん》したと分かるなり、テオルード様はメレディアお嬢様を強奪《ごうだつ》するように娶《めと》っていかれました」

「……そうして生まれたのが私のお兄様……ですか？　……それは何かの間違いだと思いますが……」

ルナリアは思わず言っていた。

「いいえ、これは真実です。街の者もみな知っていることです」

「川で……お母様が川で溺《おぼ》れていたところを、お父様が助けたのでは……？」

ルナリアは他ならぬ母自身の口からその話を聞いたのだ。

「……メレディアお嬢様は懐妊したと分かった当時、川へ身を投げたことがございます。助けたのは確かにテオルード様でした」

「スライディー、やめろ」

今まで黙っていたヴォイドが鋭《するど》く制した。

「ルナリア、もうやめておけ。知っても何の意味もないことだ」

そう言って、ルナリアの肩を引く。

ルナリアは回転速度の著《いちじる》しく鈍《にぶ》った頭で、両親のことを思い出した。

故郷に帰りたいと言う母。母を決して帰したがらない父。

「旦那様……お父様はお母様に酷いことをするような人ではありません」

ルナリアはヴォイドの袖《そで》をつかみ、小さく零《こぼ》すように言った。

「そうか……分かった」

ヴォイドはなだめるように一言だけ呟《つぶや》いた。

第四章　花嫁の秘密

それから半月が経《た》ち、ルナリアとヴォイドの婚礼の日がやってきた。

親族を招いた晩餐《ばんさん》を開き、翌日教会で誓《ちか》いを立てるのだ。

「ねえ、やっぱりもっと派手な色のドレスがよかったんじゃない？」

屋敷の一室でメイドのシモーネが声を上げた。

「今更何言ってるの。それにこれは旦那様がお決めになった色よ。文句があるなら直接言ってきたらいいわ」

同じくメイドのタビサが凛《りん》として応じる。

「嫌よ。こんなおめでたい日に雷《かみなり》なんて食らいたくないもの」

ぼんやりと二人の会話を聞きながら、ルナリアは目の前の大きな鏡を見た。そこにはドレスに身を包む自分が映っている。濃《こ》く、深く、それでいて澄《す》んだ濃紺《のうこん》のドレスだ。幾重《いくえ》にも重ねられたスカートのひだが波打ち、絹特有の光沢《こうたく》がある。裾《すそ》や袖は布地と同色のレースで縁《ふち》どられ、全体に数えきれないほどの真珠《しんじゅ》とダイヤがちりばめられていた。襟元《えりもと》が広く開いていて肩が僅《わず》かに見える。

「旦那様が決めてくださった色なのですか？」

ルナリアは自分の姿を鏡で見ながら聞いた。この色ってなんだか……

「はい、生地《きじ》の見本をお持ちしたところ、この色にするように――とのことでした」

慇懃《いんぎん》な口調で答えるタビサに、シモーネは身を乗り出して言った。

「旦那様は派手な色が好きじゃないものね。でも、アクセサリーはもっと華《はな》やかにしましょうよ。今日は奥様のご両親がいらっしゃるのよ。間違《まちが》っても、娘に可哀想な結婚をさせてしまった――なんて後悔《こうかい》されたりしないように、旦那様の唯一《ゆいいつ》の武器である圧倒的《あっとうてき》財力を駆使《くし》して、ご両親をあっと言わせなくちゃ」

「あなた……色んな意味ですごいこと言うわね」

呆気《あっけ》にとられた様子でタビサが呟く。

その会話を聞き、『可哀想な結婚』という言葉がルナリアの胸にちくりと刺《さ》さる。

二人はそんなことには気付かず話を進め、それ一つで城が建つほどの逸品《いっぴん》というダイヤを連ねた重たいネックレスと、花を模した金細工の中にルビーがはめ込まれ、雫《しずく》のような真珠が鎖《くさり》で垂れ下がる煌《きら》びやかな簪《かんざし》を選んだ。最後に庭で摘《つ》んだという白薔薇《しろばら》で作った花飾《はなかざ》りをあしらい、ルナリアの着替えは終わった。

ドレスに身を包んだルナリアは、両親の到着を居間で待つことにした。

あまり皺《しわ》にならないようそっとソファに腰掛《こしか》ける。少しすると入り口からヴォイドが姿を見せた。彼は黒を基調にした正装に身を包んでいた。胸には爵位を表す勲章《くんしょう》がつけられている。ヴォイドはルナリアの向かいにあるソファに腰を下ろし、じっとこちらを見た。

ドレスが似合っていないだろうか……？

ルナリアは今まで自分の身なりを気にしたことなんか一度もなかったけれど、なんだか夫の目に自分がどう映っているのか気になった。

「……旦那様《だんなさま》……私の格好、変でしょうか？」

小声で尋《たず》ねると、ヴォイドは妙な仏頂面《ぶっちょうづら》になった。

「……変なわけがないだろう。充分《じゅうぶん》かわ……」

そこで何故《なぜ》か彼は言葉を止めた。仏頂面が益々《ますます》しかめられる。かわ……？

頭に疑問符を飛ばしながらもルナリアはほっとして眉《まゆ》を下げた。

「そうですか？　よかったです。旦那様が選んで下さった色だと聞いたので、変に見えていたらとても悲しいと思ったものですから……」

ヴォイドは頬杖《ほおづえ》をついてルナリアを眺《なが》める。

「……お前が……気に入るんじゃないかと思ってな」

「え？　この色を……？」

今まで自分の好きな色など一度も考えたことのないルナリアは驚《おどろ》いた。けれど、確かに最初見た時綺麗《きれい》な色だと思ったことは事実である。

深くて澄んだ濃紺と、そこにちりばめられた白い輝《かがや》きは、まるで——

「あ……っ」

ルナリアは思わず声をもらした。

「……夜空みたいだと……最初に見たとき思ったのです」

「……ああ、私もそう思った」

そう言われてルナリアは瞳《ひとみ》を大きく見開いた。

「それで、選んで下さったのですか？」

「少しは元気が出たか？」

「え、元気……？」

ルナリアはきょとんとして聞き返した。

「両親の話を聞いてずいぶん落ち込んでいたようだったからな……」

ヴォイドはそう言って、力を抜《ぬ》くようにふっと息をついた。

二人が口をつぐむと、部屋の中には穏《おだ》やかな静寂《せいじゃく》が訪れる。ルナリアはしばらく姿勢を正して座っていたが、おもむろに立ち上がって移動すると、ヴォイドの腰かけているソファの隣にそろりと座った。

「……なんだ？」

「ええと……甘えようかな……と思って……ダメですか？」

「……いや、いいよ」

ヴォイドがそう言ってくれたので、ルナリアは小さく微笑《ほほえ》んで彼の肩に頭を寄せた。

「……旦那様と一緒《いっしょ》にいると安心します」

「……そんなことは初めて言われたな」

どことなく不服げに言われ、ルナリアは不思議に思った。

「いけませんか？」

「……あんまり安心出来ると言われると困る」

眉間《みけん》にしわを刻んだヴォイドが言った。

「どうしてですか？」

「『安心』とは程遠《ほどとお》いことがしづらくなるから……だな」

ヴォイドは肩に頭を寄せるルナリアを覗《のぞ》きこんだ。

近くで目を合わせ、ルナリアは零すように言った。

「……旦那様、今夜……お部屋に伺《うかが》ってもいいですか？」

するとヴォイドは驚いたように目を見開いて、

「婚礼はまだ終わっていないが……」

「え？　あ……！　違います。そういう意味ではありません。お話ししたいことがあるだけです」

ルナリアは慌《あわ》てて身体を離し、首を振《ふ》った。

「……紛《まぎ》らわしい言い方をするな」

「……すみません」

確《か》かによく考えると別の意味を含《ふく》んでいるみたいに聞こえる。思い返して首まで真《ま》っ赤になってしまった。

「あの……この部屋、少し熱いですね」

熱を冷まそうとするように両手で頬を押《お》さえる。ヴォイドはちらと暖炉《だんろ》を見ながら答えた。

「あー……そうだな。少し熱いな。石炭が多いんじゃないか」

そこで、執事《しつじ》が二人を呼びにやってきた。

「旦那様、奥様、そろそろお客様方がご到着です。ん……？　部屋が少し寒いですね。申し訳ありません。暖炉の火が弱まっていたようです」

それを聞いて、ルナリアとヴォイドは思わず気恥《きは》ずかしげに顔を逸《そ》らした。


その夜開かれた晩餐の客は、ラドフォール伯爵《はくしやくけ》家の親戚縁者《しんせきえんじや》とワーゲン伯爵夫妻である。ワーゲン伯爵テオルード・ノエルと、その妻メレディアがラドフォール伯爵家へ到着したのは、夕暮れ時のことだった。

応接間へ通された彼らの元へ、ルナリアとヴォイドは向かった。

広い応接間に入ると、二十人ほどの客人はすでに全員揃《そろ》っており、ルナリアの両親の姿もあった。久方ぶりに姿を見た両親は部屋の奥で他の招待客と話をしていた。父のテオルードは最後に会った時と変わらぬ厳《いか》めしい顔付きで、母のメレディアはふんわりと笑いながら艶《つや》やかな唇を動かしている。すでに一度客間へ通されたのだろう。旅装から晩餐の席に相応《ふさわ》しい服装へと着がえていた。

ルナリアとヴォイドが部屋に入ると、ラドフォール伯爵家の親類——大半は分家の人間であろう——彼らが酷《ひど》く緊張《きんちよう》した面持《おもも》ちで挨拶《あいさつ》してきた。

それに気付いてワーゲン伯爵夫妻はこちらを向いた。別れ際《ぎわ》のことを思い出し、ル

ナリアはどう対応したらいいのかと迷う。すると、

「ルナ……」

輪郭《りんかく》が空気に溶《と》けてゆくかのような独特の声で娘の愛称《あいしょう》を呼び、メレディアが泣き出しそうな顔で歩いてきた。目の前まで来ると両手を伸《の》ばして抱《だ》き締《し》めてくる。甘い花の香りがルナリアの鼻をくすぐり、懐《なつ》かしさにほっとした。

「いい子ね、ルナ。元気だった？」

「はい、毎日元気にしています」

ルナリアはにこにこと笑いながら答えた。それを見てようやくメレディアも笑った。

笑い合う二人から少し離れて、ヴォイドとテオルードが挨拶を交《か》わしていた。

ルナリアはそちらを見て……しかし父が振り向きかけるとすぐに目を逸らしてしまった。別れ際にあんなことを言ってしまって、怒《おこ》っているのじゃないだろうか……

ヴォイドはテオルードとの挨拶を終えるとメレディアの方を向いて——続いて部屋の中に視線を走らせる。何かを探すようなその動作を見て、ルナリアは彼の探している相手を察した。

「旦那様、私のお母様はこの人です」

それを聞いたヴォイドが驚きに目を見張るのも無理はなかった。ルナリアの母メレ

ディアは四十をとうに超《こ》えているにもかかわらず、とてもヴォイドより年上には見えない驚愕《きょうがく》の童顔美女だったからである。歳《とし》を取ることなど二十年も前に忘れてしまったのだろう。いくつになっても夢見る少女のような浮世《うきよ》離れした雰囲気《ふんいき》を損《そこ》なうことがなく、不思議な柔らかさと美しさと幼さを有している。初対面の人はたいてい彼女をルナリアの姉だと誤解するのだ。

メレディアは驚くヴォイドと顔を合わせ、綺麗な瞳を丸くした。

「まあ……まあ……驚きました。あなたは先代のラドフォール伯爵になんてよく似ているのでしょう……」

言われたヴォイドは一瞬表情を強張《こわば》らせる。メレディアは陽《ひ》だまりのような微笑みを浮かべて言った。

「あなたが生まれる少し前に嫁《とつ》いでしまいましたけれど、私はこのお屋敷《やしき》で暮らしていたんです」

「……そうらしいですね」

とヴォイドは答えた。

「ええ、私は先代の従弟の娘でした。私が幼い頃《ころ》、父が事業に失敗して……住んでいた屋敷を失って……そんな時に先代のガルヴァン様が援助《えんじょ》してくださったのです。あ

なたのおじい様はとてもお優《やさ》しい方で、私を誰より可愛《かわい》がってくださいました」

懐かしむように目を細めてメレディアは言った。

「……私の記憶にある祖父とはずいぶん違《ちが》うようだ」

「あなたの記憶にあるあの方がどのような方かは存じません。けれど……私にとってのあの方は、誰より優しく私を慈《いつく》しんでくださる方でした」

彼女がほんのりと微笑んだところで、執事が皆を呼びにきた。

「皆様、晩餐《ばんさん》の支度《したく》が整いました」

「まあ……あなたはもしかして……スライディー？」

メレディアがぱちくりとしながら声をかけると、執事は硬《かた》い表情で礼をとった。

「お久しぶりでございます、メレディア様。先ほどはお出迎《でむか》え出来ず……」

「気にすることはありません。本当に……なんて懐かしいのでしょう……あなたが今でもこの家に勤めていてくれて嬉《うれ》しい」

「……私も、メレディア様にお会い出来て嬉しく思います。……では皆様、どうぞこちらへ」

執事の案内で一同は順々に食堂へと向かった。

食堂にはいつも以上に明かりが灯《とも》され、室内は昼間のように明るく照らされていた。飾《かざ》られた花々は美しく空間を彩《いろど》り、特別に呼ばれた音楽家たちが楽器を奏《かな》でている。

ルナリアはテーブルの短い方の一辺にヴォイドと並んで着席した。二人の一番近くに主賓《しゅひん》であるワーゲン伯爵が座り、その隣には彼の妻が座る。他の客人達もそれぞれ案内された席に着いた。

晩餐はつつがなく進んだ。贅《ぜい》を尽《つ》くした料理は美味《おい》しかったが、今日は観測所へ行けないのだと思うとルナリアは無性に窓の外が気になってしまう。

幾度《いくど》かちらちらと窓を見ていると、それに気付いた父のテオルードが言った。

「ルナリア……不作法だとは思わないのか。このような席で他のことに気を取られるべきではない」

彼は変わらぬ厳しい声と表情で娘を叱責《しっせき》する。

ルナリアははっと振り向いて、久方ぶりに父と真《ま》っ直《す》ぐに顔を合わせる。視線が重なった瞬間、全身がビリッと震《ふる》えるような緊張感があった。

「すみません、お父様。今夜は満月なので、月面の観察をしたくて……」

ルナリアが答えた途端《とたん》、テオルードの表情は益々《ますます》険しいものになった。

「ルナリア……お前はまだあんなことを続けていたのか……。この土地では天文学が禁止されている。お前は夫の顔に泥《どろ》を塗《ぬ》るつもりか?」

怒《いか》りを含んだ重たい声で諭《さと》され、ルナリアは身を強張らせた。他の招待客もその空気を感じ取って黙《だま》りこみ、穏《おだ》やかに流れる音楽だけが虚《むな》しく部屋の中に響《ひび》いた。

「そのことは——私が許したことです」

沈黙《ちんもく》を破ってヴォイドが言った。

「この地で天文学を禁じたのは祖父でしたが……正当な理由があったわけではありません。ラドフォールは天体観測に向いているようですし、当家にも何人か学者を招いて研究の援助をしているところです。彼女が望むなら——私はいくらでも力を貸すでしょう」

その言葉を聞いて招待客の間にざわめきが起こった。彼らは仰天《ぎょうてん》したらしく、驚愕の目でヴォイドとルナリアを見やる。

「ねえ、あなた……ルナを怒らないで」

母のメレディアが憂《うれ》いげな表情でテオルードの腕に手を添《そ》えた。彼女の声は不思議と人の心をとらえ、客人達のざわめきは収まった。

「先代のガルヴァン様が天文学を禁じたのは、当時跡《あと》を継《つ》ぐはずだった方が天文学を志《こころざ》してこの家を出ていってしまったからなんです。息子に裏切られた気持ちがして、ついつい禁止してしまったのでしょう。ヴォイド様がよいとおっしゃるなら、ルナが天文学を学び続けるのは少しも悪いことじゃないわ」

彼女は優しい瞳《ひとみ》でルナリアを見た。

「ルナに天文学を授《さず》けてくださったアストラス博士《はかせ》も、きっとお喜びになるもの」

「本当ですか？　博士が喜んでくれるのなら私も嬉しいです」

「あなたの初恋の人ですものね」

柔《やわ》らかな微笑《ほほえ》みと共に言われ、ルナリアの胸が一瞬軋《きし》む。肯定《こうてい》するべきだと考える理性と、否定するべきだと思う感情がせめぎ合い、言葉が出てこない。

ルナリアが凍《こお》り付いていると、隣に座っているヴォイドが膝《ひざ》の上できつく握《にぎ》りしめていたルナリアの手を軽く叩《たた》いた。その感触《かんしょく》にびくりとしながら傍《かたわ》らを見上げるが、ヴォイドは何でもないように前を向いていた。

「安心してください。今のところ何の問題も起こってはいません」

彼はそう言って話を締めた。

晩餐はその後も変わりなく進んで、幕を下ろした。

晩餐が終わると、男性客だけ別室に移動して酒を酌《く》み交わすことになった。

ルナリアは母を客間へ送ろうとするが、その途中でメレディアが言いだした。

「久しぶりにお屋敷の中を探検したいわ。案内して？」

少女のような愛らしい笑みで乞《こ》われ、ルナリアは微苦笑《びくしょう》と共に応じた。懐かしそうに屋敷の中を見て回るメレディアに付き添い、ルナリアも屋敷中を歩き回る。

「まあ、懐かしいわ。あの絵は先代様のお気に入りだったものよ」

廊下《ろうか》にかかった絵を見上げ、メレディアはぱっと笑顔になる。

「変わってしまったところも、変わらないところも……どちらもあるのね。二十五年も帰らなかったのだもの……」

淋《さび》しげな表情になった母に、ルナリアは言った。

「それでも街の人達はお母様を憶《おぼ》えていましたよ？」

「まあ、本当に？　みんな元気なのかしら？　懐かしいわ……街の人達はみんな優しく温かくて、私を慕《した》ってくれたのよ」

メレディアは嬉しそうに微笑んだ。

見覚えのある調度品を見て――夜の庭に出て――変わらぬ澄《す》んだ空を見上げて――メレディアは懐かしい故郷の思い出をルナリアに語る。

それを聞きながらルナリアの胸中は不安に襲《おそ》われた。庭から屋敷の中へ戻《もど》ったところで、ルナリアは母の腕に抱《だ》きついた。

「お母様……お母様は……お父様を愛していますよね？」

するとー瞬メレディアは動きを止め——ゆるりと解《ほど》けるように微笑んだ。

「……どうしたの？　おかしなルナ。もちろんお母様はお父様を愛しているわ」

玄関ホールに佇《たたず》み、メレディアは腕にすがる娘の頭に頰《ほお》を寄せた。

「今度はあなたの話を聞かせて。旦那様《だんなさま》はどんな方？　どんな風に過ごしているの？　お母様はルナが嫁いでから毎日毎日心配していたわ」

母の方から質問を返され、ルナリアは胸によぎる不安を奥底に仕舞《しま》いこんだ。これ以上このことを母に聞いてはいけない——そう思って、にこりと笑いかける。

「旦那様は心の広く優しい方です」

ルナリアはキラキラと瞳を輝《かがや》かせて母に言った。

「私が天文学者でいることを許してくださって、庭園に立派な観測所まで作ってくださいました。今日もそこには天文学者達が集まっているんです。以前ワーゲンのお屋敷にも出入りしていたシグ兄様も」

「まあ、そうなの？　楽しそう」

メレディアは娘の頭を撫《な》でながらふんわりと微笑んだ。

「可愛いルナが幸せそうだと私も嬉しい……」

「でも、旦那様は私のほしいものを何でもくださるので、私は悪妻になってしまいそうで怖《こわ》いんです」

「あらあら、ヴォイド様は顔だけでなく、お心も先代のガルヴァン様にそっくりの優しい方なのね……」

「みなさんは旦那様をおじい様に生き写しだと思っているようですけど……」

しかし、ヴォイドの祖父に会ったことのないルナリアには判断が出来ない。とりあえず母がヴォイドを優しいと思ってくれるのなら、それでいいかと考える。

「安心したわ……。久しぶりのお屋敷《やしき》も楽しんだし、もう遅《おそ》いからそろそろ休みましょうか」

「はい、お母様。部屋まで送ります」

「大丈夫よ。ちゃんと覚えているもの」

緩《ゆる》やかに笑んで、メレディアは身を翻《ひるがえ》した。踊《おど》るようなその足取りを見て、彼女が妖精《ようせい》と称《しょう》されたのが分かるとルナリアは思った。

政治や仕事の話を肴《さかな》に酒や煙草《たばこ》を楽しむ——という名目ではあったが、親類たちの過剰《かじょう》なおべっかや怯《おび》えた様子を見て、ヴォイドはものの五分と経《た》たずに嫌気《いやけ》がさしてしまった。義理の父となるテオルードは寡黙《かもく》で厳格であまり話の弾《はず》む相手ではないようだ。もちろんヴォイド自身も会話を楽しむことなど好きではないので、その場は早々にお開きとなった。いつものことと言えばいつものことではある。

ヴォイドが客人達を客間へ送り出し、一人自室へ戻ろうと階段を上がっていると、階段の一番上で座り込み、壁《かべ》に寄りかかっている女性の姿があった。

ルナリアの母、メレディアだとすぐに分かった。

青い顔で具合悪そうに俯《うつむ》き、じっとしている。

「どうしました」

ヴォイドは彼女のすぐ下まで上がると声をかけた。

「歩いていたらお酒が回って気分が悪くなってしまって……」

「使用人に部屋へ送らせましょう」

ヴォイドがそう言って人を呼ぼうとすると、メレディアの手が力なくヴォイドの手首を握った。

「大丈夫です。立たせていただければ……」

そう言いながら頭を上げてヴォイドの顔を見た瞬間、彼女の表情が恐怖《きょうふ》に歪《ゆが》んだ。

うに再びヴォイドを見た。


「いやっ！」

叫《さけ》ぶなり、つかんでいた手を振《ふ》り払《はら》う。口元を押《お》さえて身を震わせ、はっとしたように再びヴォイドを見た。

「あ……ごめんなさい……頭がぼうっとして……夢を見ていたようです」

そう言うと、彼女は青い顔で笑ってみせた。

「立たせてくださいますか？」

ヴォイドは訝《いぶか》りながらも彼女に手を貸して立たせてやった。

メレディアはぼんやりとした瞳でヴォイドを見つめる。彼女より下の段に立っていたヴォイドの正面に、ちょうど彼女の瞳があった。

「ヴォイド様は……本当にガルヴァン様と生き写しです……」

出会った時にも言われたことをもう一度言われて、ヴォイドは一瞬カッとした。

ヴォイドは祖父を憎《にく》んでいる。あれは暴君などというものを通り越《こ》した異常者だった。そして――そんな男に自分は生き写しだと誰もが言うのだ。

澄んだ瞳を真っ直ぐ据《す》えられ、憤《いきどお》りを憶えながらもヴォイドはその感情を遠くへ押しやった。

「一つ、聞いていいだろうか」

無感情な声音《こわね》で言うと、メレディアは一度ゆっくりまばたきをした。

「何でしょう？」

「あなたが……本来結婚するはずではなかったワーゲン伯爵《はくしゃく》に凌辱《りょうじょく》されて、嫁《とつ》ぐことになったというのは事実か？」

おそらく他の者が聞いていたら、この無神経極まりない問いに憤慨《ふんがい》したに違《ちが》いなかった。だが、ヴォイドにとってはルナリアの憂《うれ》いを払うことが最優先なのであって、その母親を傷付けるか否《いな》かは二の次だったのだ。

ルナリアは執事《しつじ》からこの話を聞いて以来、ずっと気にしている。

両親のような仲の良い夫婦に……そう望む彼女を安心させてやりたいと思う。だからルナリアがいる前でこんなことは聞けない。メレディアが一人でいるところに出くわしたのは僥倖《ぎょうこう》だった。

すんなり否定されるならそれを伝えて安心させてやればいいし、もしも肯定されたら……ルナリアには伝えなければいい。

怒りか羞恥《しゅうち》を表すかと思ったメレディアは想像に反して穏やかだった。夢見るような瞳でヴォイドを見つめ、ほんの少し目を細める。

「事実……？　いいえ、真実です。テオルード様は私に別の婚約者がいたことを知っていたのに、拒《こば》む私を無理矢理《むりやり》妻になさいました。私が故郷へ帰りたがっていることも分かっていたのに、今日まで一度も帰らせてはくださいませんでした」

「よくもあんな男のいた領地へ帰りたいなどと思ったものだ……」

ルナリアには聞かせられない話になったと思いながらヴォイドは言った。

メレディアは淋しげな笑みを浮《う》かべて続けた。

「厳しいところはあったかもしれませんが……ガルヴァン様は私には優《やさ》しい方でした」

「……とても信じられないな」

「本当のことです。『ほしいものがあるなら言え。何でも好きなだけ用意してやる』あの方はそうおっしゃって、本当に私の望みを何でも叶《かな》えてくださいましたもの」

その言葉を聞いた瞬間、ヴォイドはぞっとして凍り付いた。

自分がルナリアに言ったのと同じ言葉——。自分が生まれる前に祖父の口から発せられた言葉を、自分は彼女に言ったというのか——？

ヴォイドはきつく歯噛《はが》みし、

「……分かった。もう結構。具合が治ったのなら一人で部屋に戻るといい」

そう告げてメレディアの横を通り過ぎようとした。これ以上祖父の話など聞きたくもない。しかしその時、弱い力で腕をつかまれる。メレディアが震《ふる》える手でヴォイドを引きとめていた。

「ヴォイド様……あなたは本当にあの子を幸せにしてくださるのですか？」

眉《まゆ》をひそめるヴォイドを、メレディアは揺《ゆ》れる瞳《ひとみ》でじっと見つめた。

「望まぬ相手に触れられるほど辛いことはありません。その痛みを忘れるためならどれほど愚《おろ》かになり下がってもいいと思うくらい……あなたは妻がどんな女であっても抱きしめることが出来る人なのでしょうか……？」

いったい何の話だとヴォイドは訝った。メレディアは怪《け》訝《げん》な顔をするヴォイドの頬に、白い手をすっと伸《の》ばした。思わず身震いするほどの艶《つや》めいた瞳が、ヴォイドにひたと据えられる。それはまるで童女が娼《しょう》婦《ふ》になったかのような豹《ひょう》変《へん》ぶりだった。柔《やわ》らかな指先をそっと頬にあてがい、メレディアは顔を寄せる。

「それが出来ないのなら……あの子を返してください。私達が家に連れて帰ります。結婚を取りやめて、私達にあの子を返してください」

手を振り払うことも忘れ、ヴォイドは言葉を失った。その時――

「メレディア！　何を馬《ば》鹿《か》なことを言っている！」

階段上の廊下を歩いてきた人物が怒《ど》号《ごう》を飛ばした。ルナリアの父のテオルードだった。彼は大股《おおまた》に近付いてくると、ヴォイドに触れる妻の手首をつかんで引っ張った。

「あなた……！　ごめんなさい……でも……っ」

メレディアはたちまち泣き出しそうな顔になった。

妻の話をそれ以上聞こうとせず、テオルードは厳しい表情でヴォイドを見た。

「妻の言うことは無視してほしい。あの子は二度とワーゲンの土地を踏《ふ》む必要はないのだ。死ぬまでここから出さず、閉じ込めておいてくれればそれでいい」

メレディアはそれを聞き、愕然《がくぜん》と目を見開いて夫にすがった。

「ルナにそんな酷《ひど》いことを言わないで……！　あの子は私達の娘なのよ。ちゃんと守ってあげなくちゃ……」

「きみの意見は聞いていない。この地で天文学を解禁してくれてよかった。あの子はそれさえ与えておけばここから離れることはないだろう……。ラドフォール伯爵、あの子のことはくれぐれも頼《たの》む」

彼はヴォイドに礼をして妻の手を荒《あら》く引きながら自分の客間へと戻《もど》っていった。

ヴォイドもゆっくりと歩き出した。

色々なことが一時に起こったような気がして頭の中がまとまらない。

胸の中にざりざりと砂を擦《こす》りつけられるような不快感があった。

メレディア・ノエルの話を聞いて、何か引っかかるものを感じたのだ。

ルナリアが気にしていた、父が母を里帰りさせたがらない理由――それは今の話の中に答えがあったような気がしてならない……。

悪魔《あくま》のようだった祖父を優しいと言うメレディア――

そのメレディアに何でも与えると言った祖父――

その祖父に生き写しと言われる自分――

それらが頭の中で回る。そうだ……認めなくてはならない。いくら憎んでいても、自分ほど祖父を理解出来る人間はいないということを……。

それを認めた途端《とたん》、ガチ……ッと音を立てて何かがはまった。何の確証もない一つの仮説が一瞬で頭の中に浮かび、そのおぞましさに総毛立つ。

馬鹿な……これはただの誇大妄想《こだいもうそう》だ。仮説としてでさえルナリアの前に提示することは出来るものか！　これが万が一にも本当だったら、彼女は傷付く……。

己《おのれ》の考えを振り払うように足を速め、自室にたどり着いて手荒く扉《とびら》を開け放った。

そこにいた人物を見てヴォイドはびくりとする。相手も同じように驚《おどろ》いたらしくびくりとした。

「勝手に入ってすみません、旦那様《だんなさま》。お話があるのですが、いいですか？」

つぶらな瞳で問いかけてくるルナリアを見て、ヴォイドの荒れていた感情は一瞬で落ち着いた。

「お前は……魔法でも使えるのか？」

思わずそんな言葉が口をつく。

きょとんとした顔でこちらを見る彼女に、ヴォイドは自然と手を伸ばしていた。


十五分前のこと――

ルナリアは母を送り出し、部屋着に着替《きが》えて自室の窓から星を眺《なが》めていた。

明日は教会に行って誓《ちか》いを立てる。そうすればルナリアは正式にヴォイドの妻となるのだ。それが間近に迫《せま》っているのだと実感し、ルナリアは、さて……と小さな覚悟《かくご》を決めて部屋を出た。

ゆっくりと足を進めてヴォイドの部屋を訪ねるが、室内は無人だった。

扉の前で立ち尽《つ》くしていると、使用人が部屋の暖炉《だんろ》とランプに火を入れてくれて、ルナリアは中で待つことにする。

ぼんやりと考えながら佇《たたず》んでいると、大きな音を立てて扉が開いた。

ルナリアはそれに驚いてびくりとする。入ってきたヴォイドもまさか人がいるとは思わなかったのだろう、ルナリアを見た瞬間びくりとしたのが見て取れた。

「勝手に入ってすみません、旦那様。お話があるのですが、いいですか？」

そう聞くと、強張《こわば》っていたヴォイドの表情が緩《ゆる》んだ。

「お前は……魔法でも使えるのか？」

そんなことを言われてルナリアはきょとんとした。するとヴォイドは手を伸ばしてルナリアを抱《だ》き寄せると、背を丸めて肩にあごをのせた。

「え!?　……どうしたのですか？　急に……魔法……？」

「いや、何でもない。話というのは何だ？」

「え、と……この体勢で？」

「いいから話せ」

そう言われてしまい、ルナリアは戸惑《とまど》う。このまま話していいのだろうか？　話の内容と体勢が釣《つ》り合っていないとおかしなことになるのでは……？

考えた末に、抱きしめられたまま聞くことにした。

「旦那様は……穏《おだ》やかに過ごすため隠《かく》し事をする妻と、波風を立てても本当のことを言う妻ならば、どちらがお好みですか？」

「後者だな」

質問の唐突《とうとつ》さにもかかわらず、ヴォイドは僅《わず》かな間も挟《はさ》むことなく答えた。望んだ答えが返ってきたことにほっとする。

「分かりました。なら、聞いてください。私は先日、旦那様の一番いいスカーフを布《ふ》巾《きん》と間違えて使ってしまって、ぼろぼろにしたのを隠しています」

「……見ないと思ったらお前の仕業《しわざ》か」

「それから、あんまり胸が大きくないのを詰《つ》め物で誤魔化《ごまか》しています」

「…………それはまあ、そのうちばれるだろうな」

「そして……私はワーゲン伯爵の血を引いていません」

その言葉を聞いた途端、ヴォイドが肩口で息を呑《の》んだ。

彼がどんな顔をしているのかも見えないまま、ルナリアは話を続ける。

「私はお父様の血を引いていません。お母様がよその男の人との間に作った子供が私です。父親が誰なのかは分かりません。私だけじゃなく、お兄様達もみんな……お父様の血は引いていないんです」

「……どうしてそれを突然言う気になった？」

「……旦那様にだけは、私が何者であるか知ってほしかったからです。それがどうして今だったのかというと、明日を過ぎてから言うのはずるいでしょう？　今なら旦那様には婚礼を中止するという選択肢《せんたくし》が残されています」

「……それで、私がお前とは結婚出来ないと言ったら？」

ヴォイドはそう言ってルナリアの体を離した。いつもより格段に冷ややかな声が耳を打つ。結婚出来ないと言われたら――？

「……その時は天文学者として世界を旅することにします」

「他の男のもとへ行く選択肢もあるな」

「私の寿命《じゅみょう》が尽きる前に、旦那様以外の男性を好きになれたらいいですが……」

そこで二人とも口を閉ざし、少しのあいだ見つめ合った。

「……充分《じゅうぶん》ずるいな」

ヴォイドは声を低めてぼそりと言った。ルナリアは首をかしげる。

「ずるいですか？」

「ああ、お前……私が婚礼を中止することはないと思っているだろう？」

問われて更《さら》に考えた。自分が今、不安や恐怖《きょうふ》を感じていないその訳を――

「……はい、思っているかもしれません」

ルナリアは認めて小さく頷《うなず》いた。

「自惚《うぬぼ》れだと笑っていただいてもいいのですが……私が旦那様を好きな気持ちの十八

分の一くらいは、旦那様も私を好きなのではないかと思っているんです」

ルナリアは嫁《とつ》いできてからのことを思い出す。

「研究の第一歩は地道な情報の蓄積《ちくせき》――。ご存じのことと思いますが、私は嫁いでからずっと旦那様の情報を集めてきました。何が好きか、何が嫌いか、どう動くのか、どうしゃべるのか……。私は天文学者ですが、同時にヴォイド・カイザーク研究の第一人者だと自負しているんです。嫁いで数か月の身ではあれど、密度の濃《こ》さは誰にも負けません。その私が弾《はじ》き出した数字が、十八分の一です」

いかが――？　とばかりに小首をかしげると、ヴォイドの視線が鋭《するど》さを増した。

「……お前はずいぶん私を馬鹿にしているな。それは完全にお前の思い違《ちが》いだ」

やや怒《いか》りの籠《こも》った声で、ヴォイドははっきりと否定した。それに衝撃《しょうげき》を受けて固まってしまったルナリアの頰《ほお》を両手でがしっとつかみ、彼は鋭い目でルナリアを威嚇《いかく》するように見据《みす》えた。

「お前が私を想う気持ちの軽く三十六倍は、私がお前を想う気持ちの方が大きいと思うがな」

今度はさっきより驚いて、ルナリアは目を真ん丸にした。

「では……私が想像していたより、六百五十倍くらい旦那様は私を好きでいてくれているということですか？　私が天文学に捧《ささ》げた心と比べると二十八分の一くらい？」

「……数の問題じゃない」

ヴォイドは顔をしかめてルナリアの頬から手を放した。

ルナリアは今の会話をぼんやりと反芻《はんすう》する。推論が間違っていたと指摘《してき》されたのに……どうしよう……かなり……すごく……嬉《うれ》しいかもしれない。

「……私はまだまだ未熟です」

ほうっと息を吐《は》きながら呟《つぶや》いたルナリアを、ヴォイドは値踏みするように見据えた。

「……それだけか？」

「？　それだけ……って？」

「お前が話したかったことはそれだけか？」

「⁇　それだけです。え？　他に何が……？」

婚礼までにルナリアが話しておきたかったことはもうなくなってしまった。

「それよりお前は私に言うべきことがあるんじゃないか？」

問われたルナリアの頭に百を超《こ》える疑問符が躍《おど》った。

「…………あ、まさか……夜中に部屋に忍《しの》び込んで、旦那様の手とか髪にこっそり触《さわ》っていることですか？」

「……お前は本当に何をやっているんだ。違う」

「……分かりません、降参です。私が言うべきこととは何ですか？」

自分の言うべきことを相手に尋《たず》ねるという矛盾《むじゅん》した問い掛《か》け——しかし、

「……分からないというならもういい」

彼は不機嫌《ふきげん》そうに話を切った。

「旦那様《だんなさま》……何か怒《おこ》っているのですか？」

いつかもこんなことがあったと思いながら、ルナリアは明日夫になる人を見上げた。

「……別に怒ってはいない」

そう答えるものの、どう見たって不機嫌そうにしか見えない。

「やっぱり血筋の不確かな私を娶《めと》るのに不安がある……とか？」

「馬鹿馬鹿《ばかばか》しい……お前の母親が愚《おろ》かなことをしたということは分かった。お前の父親がお前に辛《つら》く当たる理由も分かった。だが、表沙汰《おもてざた》になっていないことならたいした問題じゃない。いや……実際に問題があったとしても、お前が嫌だと言っても、私はお前を逃がすつもりはないからな。覚えておけ」

「嫌だなんて……言うわけがありません」

話の問題点がひっくり返った気がして、反射的に言い返した。

「言うかどうかは問題じゃない。言ったところで逃がさないという話だ」

ヴォイドはそう言ってルナリアに手を伸《の》ばし、壊《こわ》れ物を扱《あつか》うような手つきで耳の辺りに触《ふ》れてきた。

大きな手で耳の縁《ふち》や頬をなぞり、しばしのあいだ黙《だま》り込む。

その感触《かんしょく》を心地《ここち》よく感じてルナリアはじっとしていた。すると、

「……婚礼の前だが、お前にもう少しだけ触れてもいいか」

不意にそんなことを言われてきょとんとする。

「？　……もう少し……ですか？」

「逃げられないように約束を交《か》わしておきたい」

「約束って……どういう？」

つぶらな瞳《ひとみ》で見つめ返すと、ヴォイドはルナリアの頬を捕《とら》えて顔を近付けてきた。

それでようやく彼のしようとしていることを理解し、ルナリアは慌《あわ》てた。

「ちょっと待ってください！」

「……嫌なのか？」

「い、嫌ではないです。ただ、それは明日するのだと思っていたので……。でも、旦那様がしたいのなら今日でもいいですけど……」

ヴォイドはそれを聞くと、身を屈《かが》めてルナリアに顔を寄せた。きつく目を閉じて固まったルナリアの唇にヴォイドの唇が触れる。初めてのその感触に頭が白くなってしまい、何も考えられなくなった。数秒後にそっと離れると、ヴォイドはルナリアの頬を捕えたまま額を触れ合わせてきた。

「お前が今まで誰とどう関わってきたとしても……明日の朝には私の妻だ」

彼が何を感じて何を考えてその言葉を発したのか、頭が真っ白になっていたこの時のルナリアは全く理解していなかった。

その翌朝——

ルナリアはヴォイドと共に馬車へ乗り込み、街にある教会まで向かった。身に着けているのはルナリアが嫁いできた時に着ていた純白の婚礼衣装だ。

あれよあれよという間に教会へたどり着き、親族の揃《そろ》った礼拝堂の中、婚礼は滞《とどこお》りなく進んだ。

最後に誓《ちか》いの口づけをと言われ、二度目の口づけを交わすことになる。温度の低い唇が掠《かす》めるように触れた。

その日のうちに招待客のほとんどは安堵《あんど》した様子で帰路につき、一日を置いて最後にワーゲン伯爵《はくしゃく》夫妻を見送ることとなった。

帰りの馬車に乗り込む寸前、母のメレディアは泣きながら娘に抱《だ》きついた。

「ルナ……淋《さび》しかったらお母様のところへすぐに帰ってきてね」

そんなメレディアを夫のテオルードが引き離す。

「馬鹿なことを言うな。ルナリア、実家に帰ることは絶対に許さない。分かったな」

厳格な口調で言いつける父を見つめ、ルナリアの胸は痛んだ。

「あの……お父様！　嫌いなんて言ったのは嘘《うそ》です！」

とっさに言っていた。テオルードは一瞬何を言われたのか分からなかったらしく、不可解そうに眉《まゆ》をひそめた。しかしすぐにルナリアが嫁いだ日のことを思い出したのだろう。いつも硬《かた》い表情をふっと緩《ゆる》めた。

「ああ、分かってる」

父はそう言って、涙ぐむ母を連れて馬車に乗った。

もう会えないのかもしれない……そう思い、不意に聞いておきたいという欲求が湧《わ》き上がった。

二十五年前、お父様とお母様が結婚した時に何があったの……？　どうしてみんなお父様が無理矢理《むりやり》お母様を略奪《りやくだつ》したと思っているの……？　どうしてお母様はお父様以外の人の子供を産んだの……？

けれど……理性が喉《のど》の奥を締《し》めつけて、疑問をぶつけることを阻《はば》んだ。

その代わり、窓から見える二人に向けて、ルナリアは満面の笑みを浮《う》かべてみせた。

嫁ぐ日の朝、『最後ぐらい泣きやめ』と言った父にも、心配して泣いていた母にも、笑顔を見せられなかった。だからその時の分まで笑った。

笑って手を振《ふ》るルナリアの前で、馬車はゆっくりと走り出した。


その日の昼下がり、ルナリアは観測所へ足を運んだ。

昼時の観測所は無人で、ルナリアは屋上へ上ると寝《ね》そべって青空を見上げた。

星空には及《およ》ばなくとも空は充分美しい。その青に見入っていると、屋上に繋《つな》がる梯《はし》子《ご》を上ってくる音がした。

「旦那様？」

ルナリアは顔を横にしてそう問いかける。

「何でだよ。お嬢《じよう》の旦那、こんなとこまで来ないだろ」

苦笑しながら言ったのはシグだった。

「なんだ……シグ兄様ですか……」

シグは屋上へ上がると、寝転がるルナリアの隣に胡坐《あぐら》をかいた。

「結婚おめでとう」

「ありがとうございます」

「何しょぼくれてんの」

「しょぼくれているわけではありません。ただ……これでもう二度とワーゲンの家に戻《もど》ることはないのだと思って……」

「何だよ、もう実家が恋しいのかよ。たまに顔見せればいいじゃんか」

「……いいえ。帰ったら……お父様が嫌がりますから……だから私はもう二度と、あの家には帰らないんです。ここが私の家です。他に行くところはありません」

「……行くとこなくはなくね？　行こうと思えばお嬢はどこへでも行けるじゃんか。一人が嫌なら俺が一緒《いっしょ》に行ってやろうか？　二人で世界中巡《めぐ》ろうぜ」

シグはそう誘《さそ》いかけながらルナリアの顔を見下ろした。

ニカッと笑うシグの顔を見上げ、ルナリアははあっとため息をつく。

「お断りします。博士《はかせ》とだったら旅したいですけど……」

「ああ！　それはいいな！　博士、今どこにいるんだろうなあ……」

「博士を探すのは彗星《すいせい》を探すより難しいですよ」

そう言ってルナリアは真昼の星を探すように目を細めた。

「なあ、ルナお嬢……」

シグの声が突然真剣《しんけん》なものになる。

「もし……辛いことがあったら俺に言いな。俺はずっと前からお嬢の味方で、これから先もずっと味方だ。お嬢は俺の妹も同然じゃないか。そうだろ？」

言われてルナリアは身を起こした。どうして突然そんなことを？　首をかしげるルナリアの頭にぽんと手をのせ、シグは立ち上がって観測所の中へ戻った。さやさやと吹《ふ》き抜《ぬ》ける風を浴びて、ルナリアは少しのあいだその場に座りこんでいた。


婚礼から二日経《た》ったある夜——

ヴォイドが自室へ戻ると、扉《とびら》の隙間《すきま》に紙片が挟《はさ》まれていた。

それを手に取り、たたまれた紙片を開いて眉をひそめる。

しばし眺《なが》めた後、ヴォイドは紙片を握《にぎ》りつぶした。

「最近、旦那様の様子がおかしいんです」

婚礼から半月ほどが経ったある日――夕暮れ時の観測所で道具の手入れをしながらルナリアは言った。

近くで同じように道具を磨《みが》いていた学者達は警戒《けいかい》するように表情を引き締めてお互《たが》い顔を見合わせた。

「ルナ奥様、おかしいというと……どんな風に？」

「やっぱり天文学は気に入らないとかそういうことですか？」

「いえ、そうではなくて……婚礼が終わって以来、毎日少しずつ機嫌が悪くなっていっているみたいなんです。何だか前よりよそよそしくなってしまったような……」

ヴォイドの様子は確実に変わっている。彼の研究家である自分が言うのだから間違《まちが》いない。

「何やってるんですか、ルナ奥様！　うかうかしているうちに伯爵様の気持ちが離れていっても知りませんよ」

「そんな！　だって新婚ですよ。そんなに簡単に気持ちが離れたりなんか……」

「甘いな、ルナお嬢」

ふっと笑って口を挟んだのはシグだった。

「最近上流階級では、結婚したあと別に恋人を作るのが流行《はや》ってるらしいぞ。知らないのかよ」

恐《おそ》るべき流行を耳にし、ルナリアは、ガン！ と頭を殴《なぐ》られたような衝撃《しょうげき》を受けた。

「確かに新婚でも心変わりする男はしますからね……って……いやいや！ 大変じゃないですか！ 伯爵様の心がルナ奥様から離れたら、私達の研究場所は誰が提供してくれるんですか！」

「ルナ奥様！ 浮気など許しては駄目《だめ》ですよ！」

他の学者達にも詰《つ》め寄られ、ルナリアはドキドキと鼓動《こどう》を速める。

「う、浮気……」

季節外れの冷や汗がじわりと背中ににじんだ。

「まあそう気にするな。伯爵に捨てられても俺が傍《そば》にいてやるからさ」

シグがいかにも気軽な態度で言った。

「……シグ兄様を千個集めたところで旦那様《だんなさま》にはならないじゃないですか」

ルナリアは青ざめた顔で呆然《ぼうぜん》と答える。

「お嬢……すげえ失礼なこと言うな」

シグの文句などろくに耳にも入らず、ルナリアはその場にぺたんと座り込んだ。


ヴォイドが仕事のために外出し、屋敷《やしき》へ戻ってくると、夕食時などとうに過ぎているにもかかわらずルナリアの姿はなかった。

ルナリアをすぐに呼んでくるという使用人達を止め、ヴォイドはいつもの馬で観測所へ向かおうとする。しかし、厩舎《きゅうしゃ》から連れてこられた馬に跨《また》ると、すぐたてがみの違和感《いわかん》に気付いた。たてがみの中に黒い布が結ばれていた。それをほどくと中から小さな紙片が出てくる。そこに書かれた文字を読み、ヴォイドは表情を凍《い》てつかせた。

ぐしゃりと握りつぶしてポケットにしまい、馬を走らせる。

観測所へ着くと、ルナリアはすぐに外へ出てきた。

「お帰りなさい、旦那様」

彼女は何故《なぜ》かいつもより格段に強張《こわば》った表情でこちらを見上げた。

自分の気持ちが酷《ひど》くささくれ立っているのをヴォイドは自覚していた。

原因は明確だ。自分は今、妻である彼女にある疑いを抱《いだ》いている。

ヴォイドの勘《かん》は嫌気《いやけ》がさすほど鋭《するど》い。

彼女と最初に出会った日から感じていた違和感は、今や目を背《そむ》けることが出来ないほどに肥大し、苛立《いらだ》ちにも似てヴォイドの神経を蝕《むしば》んだ。

ルナリアを馬に乗せ、自らも後ろへ乗って帰路に就く。

かぽかぽ歩かせていると、横座りしていたルナリアはちらっとこちらを向いた。

「旦那様……一つお尋《たず》ねしてもいいでしょうか？」

「何だ」

「旦那様は……その…………浮気しているのですか？」

突然そんなことを聞かれ、ヴォイドは危うく落馬するかと思った。

唖然《あぜん》として見つめ返すと、彼女の不安そうな瞳《ひとみ》に月明かりが映り、ゆらゆら揺《ゆ》れている。胸の中に燻《くすぶ》っていた苛立ちに押《お》されてヴォイドは思わず言った。

「している――と言ったら？」

瞬間ルナリアの瞳が凍《こお》り付いた。目を見開いたまま瞬《まばた》きもせずにじっとしている彼女を見つめ返し、自分の言葉が彼女を傷つけたのだと自覚する。それはヴォイドに微《かす》かな罪悪感と後ろ暗い安堵をもたらした。

「冗談《じょうだん》だ。そんなことはするわけがない」

そう言ってやるとルナリアの瞳は動き出す。

「浮気はしていないんですか？」

「していない。どうしてそんなことを考えたんだ」

「……皆さんが、結婚した後に恋人を作るのが流行っていると言うので……」

「……馬鹿《ばか》げた流行だな」

目の前の女一人で頭が埋《う》まっているというのに、どうして他に目を向けることが出来るというのだ……。

「そんな流行に乗る予定は生涯《しょうがい》ない。女はお前だけでいい」

腹立たしげに断言すると、途端《とたん》にルナリアは花が咲《さ》くかのようにぱっと笑みを浮かべた。間近で彼女の笑顔を見て、まるで夜が一瞬で真昼になったかのような心地《ここち》になる。自分はなんて単純な男なのだとヴォイドは思った。

この笑顔が傍にあるなら、疑いになど目を瞑《つぶ》ってもいいのではないか……。

ヴォイドがあえなく懐柔《かいじゅう》されていると、ルナリアは嬉《うれ》しそうに笑み崩《くず》れた。

「旦那様が浮気しているのではないって、雪が降る前に分かってよかったです」

彼女が何を言わんとしているのかはすぐに理解出来た。暗くて見えないが、きっと頬《ほお》は朱《しゅ》に染まっているだろう。

雪など待たなくていいから、今夜部屋に来い――そんな思いが胸に湧《わ》く。

そうすれば、疑いなど消え去るのではないかと思った。

「……お前……私のことが好きか？」

ヴォイドはたまらず聞いていた。

問われたルナリアは一瞬驚《おどろ》いた顔になり、照れたように微笑《ほほえ》んだ。

「好きです……大好き。世界一好き。天文学の千分の一くらい好きです」

柔《やわ》らかな声が胸の中に響《ひび》く。それでもヴォイドを満たすには足りなかった。

この言葉が本心だと信じられたら、疑いなど抱かずに済んだだろうに――


夕食を終え、もう一度ルナリアを観測所まで送ってやり、ヴォイドは自室へ戻る。

机に着き、さっき馬に結びつけられていた紙片を投げ出す。

机の引き出しを開けると、そこには二十を超《こ》える紙切れが仕舞《しま》われていた。

冷たい表情でそれらを見やり、指先でつまんだ。

『あなたの奥様は観測所に自分の恋人を連れ込んでいます』

『あなたは騙《だま》され、利用されています』

『奥様は観測所で恋人と二人きりになる時間があり、その間他の人間を一切中へ入れません。メイドも猟場番人《ゲームキーパー》もその時間だけは近付かないのです』

『今日は夜が明けるまで二人は観測所の個室から出てきませんでした』

『私は伯爵様《はくしやくさま》の味方であり、お気の毒なあなたをお救いしたいと考えています』

『奥様はその恋人と以前から関係を持っており、それを隠《かく》して嫁《とつ》いできたのです。奥様があなたに向ける笑顔の中に真実は一つもありません』

『彼女はあなたを愛していない』

婚礼のすぐ後――最初の手紙が届いて以来、毎日のようにこの怪文書《かいぶんしょ》はヴォイドの元へ届いている。

ある時は扉の隙間に差し込まれ、ある時は窓の隙間に挟まれ、ある時は馬のたてがみにくくりつけられ、ある時は机の上に置かれていたのだ。

くだらない……それが最初の感想だった。つまらない冗談だと思い、怒《いか》りが湧いた。今すぐ犯人を見つけ出せと怒鳴《どな》りたかったが、誰かに見せることも不快だった。

それでも最初の一度で終わっていれば忘れられただろう。しかし怪文書は毎日幾度《いくど》も送りつけられ、出会った時から少しずつ感じていた疑念をより深めていったのだ。

彼女は自分の良心だ。失ったらどうなるか分からない。だから自分がまともでいられるうちに、彼女の全部を自分のものにしてしまいたかった。

第五章　千一個目の部屋

ラドフォール地方へ続く街道を、一台の荷馬車が走っていた。荷台に乗ってぼんやりと景色を眺《なが》めているのは、ルナリアの師である天文学者のアストラスだ。

「アストラス博士《はかせ》、もうすぐ着きます」

馬車を操縦していた雇《やと》われの若者が言った。

「ああ、見てたら分かるよ」

アストラスはにこっと笑った。若者もつられて笑う。

「嬉しそうですね。博士はラドフォールの出身だって聞きましたけど、里帰りはやっぱり嬉しいですか？」

「いいや、ちっとも。二度と帰りたくなかった最低最悪の故郷だもの」

やはり笑顔のアストラスに、若者は不可解そうな顔をする。

「……じゃあ、なんで笑ってるんですか？」

「うん？　そんな最悪な場所に自分から足を運ぶなんて面白《おもしろ》いじゃないか」

「何言ってるんですか？」

若者は呆《あき》れたように言い、馬車を進める。

「ここがラドフォールですよ。もうすぐ一番大きな街に着きます。あまり目立った行動はしない方がいい。ここの領主様はとんでもない暴君で、下手《へた》に目を付けられると困ったことになりますからね」

「三十年も経《た》つのに何も変わってないんだなあ……」

吐《は》き気《け》のする想《おも》い出に浸《ひた》りつつ、アストラスは軽《かろ》やかに笑った。

「博士は帰りたくもない故郷に何しに帰ってきたんですか？」

「……可愛《かわい》い弟子《でし》に会いにきたんだよ」

アストラスは荷台の縁《へり》に腕をのせて身を乗り出し、三十年ぶりの故郷を眺めた。


ヴォイドの様子がやっぱりおかしい。

浮気《うわき》しているわけではないと言うものの、彼は明らかに以前とは違《ちが》っていた。ルナリアはヴォイドの研究家であって略奪者《りゃくだつしゃ》ではないのだから、彼が見せてくれないものを無理矢理《むりやり》暴《あば》いて奪《うば》い去ることなど出来るはずもない。

はあっとため息をつきながらルナリアはヴォイドを見送った。

今日はヴォイドが遅《おそ》くまで帰らない日だ。

今夜は流星群が見られるから、ヴォイドにも見せてあげたいのだけれど……

そんなことを考えながら観測所へ向かう。

無人の観測所で一人作業をしていると、使用人のトーヤが観測所を訪ねてきた。

「奥様、今日もお手紙が届いております」

「はいはい、ありがとうございます」

ここには毎日のように手紙が送られてくる。それらは別の土地にある天文台や研究所で観測を続ける、他の天文学者達とやり取りするためのものだった。

初めは執事《しつじ》が中身を確かめていたのだが、毎日毎日届くものだから、今では自然とここへ直接運ばれるようになった。

ルナリアはその手紙を確認《かくにん》し、一通の封筒《ふうとう》に目を留めた。差出人の名が記されていない真っ白な封筒だ。誰からだろうと思いながら封を切って中を見る。

『ルナへ
今一番近くの街に来ている。乗合馬車の厩舎で待っているから会いにおいで。
博士』

「ええ!?」

飛び上がるほど驚いて声を上げる。

ルナリアに対して自分を博士と称《しょう》するのは、師であるアストラス一人だ。

今というのは、今――？　慌《あわ》てて観測所から飛び出そうとすると、ちょうど入り口から入ってきたシグと鉢合《はちあ》わせた。

「シグ兄様！　これ！」

ルナリアは挨拶《あいさつ》もそこそこに手紙を見せた。

「おわ！　博士!?」

「街で待っているのだそうです。一緒《いっしょ》に行きましょう」

ルナリアは目を輝《かがや》かせてシグを誘《さそ》った。彼は難しい顔で考え込み、

「いや、行きたいけど……今日の流星群を見るまでにやっておきたいことが山程《やまほど》あるんだよ。だからこんなに早く来たんだってば」

「博士に会いたくないんですか？」

「そりゃ会いてーけど……今日はムリだって。明日の朝、宿に戻《もど》る時に会いにいくことにするわ」

「シグ兄様の薄情者《はくじょうもの》！　私は一人でも会いに行きます」

そう言ってルナリアは観測所を飛び出す。

丘《おか》の下に徒歩で屋敷《やしき》へ戻ろうとしているトーヤの姿が見えた。

「待ってください、トーヤ。お願いがあります」

ルナリアは彼に駆《か》け寄りながら言った。

「今すぐ私を街まで連れていってください」

「？　どういうことですか？」

ルナリアとあまり歳《とし》の変わらない使用人のトーヤは、困惑《こんわく》して助けを求めるように辺りを見た。冷たい風が草原を吹き抜《ぬ》ける。

「お会いしたい人がいるのです。今、手紙が来て……」

「ああ、新しい学者先生をお招きしたいということですね？」

手紙が学者達とのやり取りだということを知っているトーヤは、ようやく合点《がてん》がいったというように手を打った。

「じゃあ、スライディー様に相談してみますよ」

「そうですね。スライディーにお願いしてみましょう」

ルナリアは顔の前で両手を合わせ、街で待っている師に思いをはせた。

屋敷へ戻るとトーヤは執事のスライディーに事情を説明した。

「新しい学者先生を迎《むか》えに行きたいんだそうです。馬車を出して構いませんか？」

「そうだな……」

スライディーはうむむと唸《うな》りながら考え込む。

ルナリアはすっかり出かける支度《したく》を整えて、玄関ホールに立っていた。

「旦那様《だんなさま》に許可を得ておきたいが……今日は夜までお戻りにならない。……仕方がないな。奥様のお望みになることなら旦那様は反対なさるまい。奥様の望みは何でも叶《かな》えるようにと仰《おお》せなのだ。……分かった、馬車を出しなさい」

そうして馬車は速《すみ》やかに用意された。ルナリアはそこに乗り込み街を目指す。

うきうきしながら馬車に揺《ゆ》られ、一か月前に訪《おとず》れた教会のある街へ再びやってきた。

街の中央に馬車を停《と》めてもらい、ルナリアは馬車から下りて駆け出した。

「奥様、お待ちください！　俺も一緒に……」

「いいえ、そこで待っていてください」

人見知りする博士が嫌がることを恐《おそ》れ、ルナリアは一人で走っていった。

乗合馬車の厩舎《きゅうしゃ》は人に聞けばすぐに見つかった。

ルナリアはダブルボタンのコートにつばの広い帽子《ぼうし》という、まさに今からお出掛《でか》けしますという格好だったので、みんなすんなりと厩舎の場所を教えてくれた。

言われた方へ行くと、壁《かべ》を緑色に塗《ぬ》った二階建ての大きな建物が見えてくる。

広い入り口から何台もの馬車が出入りしている厩舎だった。

その前にある広場を歩き回り、博士はいったいどこで待っているのだろうときょろきょろしていると、

「何だあれ……」

「嫌だわ、気味が悪い……」

通りすがる人々がひそひそと話す声が聞こえた。ルナリアが振《ふ》り向くと、広場の真ん中に衆目を集める異質な人の姿があった。

薄汚《うすぎたな》い灰色のコートに身を包んだ男が、広場の中央に両手両足を広げて堂々と寝《ね》そべっているのだ。彼を見た途端《とたん》、ルナリアは目を真ん丸にした。

「博士！」

その声を聞いて、男——アストラスはむくっと上体を起こした。辺りを見回しルナリアに気付くと、立ち上がって両手を広げた。

「おいで、ルナ」

ルナリアは満面の笑みを浮《う》かべて走り出していた。彼は飛びついてきたルナリアを抱《かか》えてぐるんぐるんと振り回す。

「きゃあああ」

悲鳴を上げながらルナリアは笑った。そうしてひとしきりじゃれ終わり、尋《たず》ねる。

「こんな所でどうして寝そべっていたんですか?」

「ああ、今夜見える流星群を妄想《もうそう》してた」

「綺麗《きれい》に見えましたか?」

「素晴らしかった」

そこでアストラスはじっと観察するようにルナリアを見た。そして服の上からペタペタと全身を触《さわ》る。

「特に異常はないな。暴力を振るわれた跡《あと》もないようだし、精神的にいたぶられて疲《ひ》弊《へい》している様子もない……」

彼が何を心配しているのか分からず、ルナリアはぱちくりとする。そんなルナリアに博士《はかせ》は変わらない草食動物のような顔でにこりと笑った。

「お前が酷《ひど》い目に遭《あ》わされているようなら何としてでも連れ去らなければと思っていたけど、そんなことはないみたいだな」

「私を心配して来てくれたのですか？」

「ああ、当たり前だ。お前が幸せかどうか確かめるためなら、世界の反対側からだって飛んでくるさ」

アストラスは愛《いと》おしげに目を細めてルナリアの頬《ほお》をうにうにつまんだ。

「さて、ルナ――お前の旦那様の話を聞かせてくれないか？」

聞かれたルナリアは一瞬で頬を薔薇《ばら》色《いろ》に染めた。

「はい、博士。私の旦那様の話を聞いてください」

「いいよ、聞こう」

アストラスは足元に置いていた荷物を背負い、ぶらりと歩き出した。歩きながら会話するのは、ルナリアと博士が長時間話し合う時の習慣だった。ルナリアは喜んで彼の隣につき、人の多い街の通りを歩きながら話し始めた。

「私の旦那様は顔が少し怖《こわ》くて、背が高くて、周りの人達からは暴君と言われているのだそうです。ただ、専門家である私の観察の結果を言うと、どうして人からそんな風に思われるのかちっとも分からない優《やさ》しい人なのですが……」

ヴォイドがルナリアに天文学を許してくれたこと。様々な道具を用意してくれたこと。観測所を作ってくれたこと。そこに他の学者達を招いて研究を続けていること。

それ以外にも彼が言ってくれたことしてくれたことを、思いつくままに話してゆく。

順不同に話すので、聞き手にとっては時系列を追いかけるのが難しいかもしれないが、アストラスは当たり前のようにその話を理解してくれた。

「俺も会ってみたいな、お前の旦那様というのに」

博士の瞳《ひとみ》がきらりと光った。それは彼が何かに強く興味を引かれた時の反応である。

博士と旦那様が仲良くなったらこんなに素敵なことはないと、ルナリアの胸はときめいた。そうすれば博士は時々この土地を訪れるかもしれない。

「会ってください、私の旦那様に」

ルナリアは口元をほころばせてアストラスの顔を覗《のぞ》きこむ。

この時は、ヴォイドの様子がおかしいことなど完全に失念していたのだ。


それと時を同じくして――ヴォイドは街の中央にいた。

乗るはずだった鉄道列車が遅《おく》れており、時間を潰《つぶ》すために駅から外へ出た所だった。

使用人を伴《ともな》って歩き出し、しかしすぐに足を止める。目の前に見知った馬車が停《と》まっていたからだ。

紋章《もんしょう》の入った四頭立ての豪華《ごうか》な箱馬車。それはまぎれもなくラドフォール伯爵家《はくしゃくけ》の馬車だった。それも使用人が使うためのものではない。

ヴォイドは怪訝《けげん》に思いながら馬車へと歩み寄った。すると、御者台《ぎょしゃだい》に座っていた見覚えのある使用人がヴォイドに気付いて背筋を伸《の》ばした。

「だ、旦那様……！」

使用人は慌《あわ》てて馬車から降りた。

「ここで何をしている」

「……奥様をお送りするために……」

その言葉を聞いてヴォイドの眉間《みけん》のしわが深まった。

「どういうことだ？」

「あ、あの……あの……ひ、人に！　呼ばれたとか……頼《たの》まれまして、それでここまで……奥様が、そうしたいと……」

「何があったのかはっきり言え！」

苛立《いらだ》ちが理性を軽々と飛び越《こ》え、ヴォイドは声を荒《あら》らげた。

「ひいっ……！　奥様は手紙で呼び出されて街までお越しになりました！」

「……誰に呼び出された」

「て、天文学者の先生に……」

出した。

「……分かりません。ついてくるなと言われました。あの……でも……旦那様《だんなさま》」

何か言い訳じみたことを口にしようとした使用人を置いて、ヴォイドは足早に歩き
「今どこにいる」

「私がそう言っても、旦那様はじーっと話を聞いてくださったのですよ。あと……」

ルナリアは延々とヴォイドの話を重ねていた。師である博士に自分の研究成果を聞いてほしいという気持ちだったのだ。

アストラスはふんふんと話を聞いて、ふと足を止めた。

「ルナ、お前は旦那様が好きなんだな？」

聞かれてルナリアは頬を桜色に染めた。

「大好きです。天文学の千分の一くらい好き」

「そうかそうか……俺はお前の初恋の代わりを務めてきたけど……お前はやっと本当の相手に出会ったのか……」

アストラスは感慨《かんがい》深げに言う。ルナリアは一瞬真顔になり、頭の中にちらついた残像を奥底に仕舞《しま》って——とろけるような笑みを浮かべた。

「はい、好きになってもいいと言ってくれた初めての人です」

「そうか……ルナは大人になったんだな……」

しみじみと息をついて、アストラスはルナリアの頬を撫《な》でた。

ルナリアは頬に触《ふ》れるアストラスの手を笑いながら握《にぎ》る。

その時だった。ルナリアは後ろから強く二の腕を引かれて、アストラスから引き離された。よろめいたところを踏《ふ》ん張って堪《こら》え、顔を上げて驚《おどろ》いた。

ルナリアの腕をつかんでいるのはヴォイドだった。

「旦那様！　どうしてここに？」

ぱちぱちとまばたきしながらルナリアは尋ねた。だが、ヴォイドはそれに答えずアストラスを冷たい瞳で見やった。そしてルナリアに視線を戻《もど》し、

「ここで何をしていた。どこへ行くつもりだった」

硬《かた》い声で問い質《ただ》してくる。

一瞬何を聞かれているのかと怪訝に思った。どこへって……どこへも行くつもりなんかない。けれど、考えてみればルナリアの格好は今からお出掛けするかのようで、それがヴォイドを誤解させたのかもしれなかった。

「人に会いにきただけですよ」

そう言ってアストラスの方を向き、ルナリアは、え!?　と思った。アストラスが驚愕《きょうがく》の表情でヴォイドを凝視《ぎょうし》している。博士のそんな表情を見るのは珍《めずら》しかった。

「博士？　どうしたんですか？」

ルナリアは不思議に思って尋ねた。しかしそんな問いなど耳にも入っていないように、アストラスはヴォイドを凝視したままつぶやいた。

「……お前は誰だ？」

問われたヴォイドはアストラスを見下すような目で見やり、ルナリアの手首をつかんで踵《きびす》を返した。

「あの、旦那様……？」

「帰るぞ」

ヴォイドはひとこと言うと、有無《うむ》を言わせずルナリアを引いてゆく。

街の中央まで戻ると、ヴォイドに同行していた使用人が困ったように辺りを見回していた。彼はこちらに気付くとほっとしたように表情を緩《ゆる》ませる。

「旦那様、そろそろ列車が……」

「やめだ。屋敷《やしき》へ戻る。全ての予定を中止しろ」

そう告げると、返事も聞かずに使用人から離れ、ルナリアが乗ってきた馬車へと向かった。馬車の脇《わき》には青い顔のトーヤが立っていた。

「屋敷へ戻る。お前の処分はその後だ」

使用人を一瞥《いちべつ》して冷ややかに言うと、彼はルナリアの手首をつかんだまま馬車へ乗り込んだ。

「旦那様、トーヤは私のお願いを聞いてくれただけで、何も悪いことはしていないんです」

発進した馬車の中で並んで座り、ルナリアは夫に話しかける。けれどヴォイドは答えるどころかこちらを見ようともしなかった。

「ええと……さっきの人は私の博士です。アストラス博士……」

「そうだろうな」

「え？　旦那様は博士をご存じなんですか？」

「お前がさっきそう呼んだ」

「あ、そうでしたね。博士に会いたいと言われて……勝手にお屋敷を出てしまってごめんなさい」

そう言うけれど、ヴォイドは答えてはくれなかった。

ルナリアはしばらく口をつぐみ、とうとう我慢《がまん》できなくなって言った。

「……旦那様……あの、手が痛いのですが……」

ヴォイドはずっとルナリアの手首をつかんだままだ。あまりに強く握られていて血が止まっている。

「だから何だ」

ヴォイドは淡々《たんたん》と聞いてきた。

「手を放せと言っているのか？　駄目《だめ》だ」

どうして――？　と聞けないくらいの強さで彼は断じた。

ルナリアが戸惑《とまど》っているうちに、馬車は屋敷へ戻った。ヴォイドはルナリアの手をつかんだまま馬車から下りると、トーヤに向かって言った。

「暇《ひま》を出す。二度とこの家に足を踏み入れるな」

愕然として凍《こお》り付いている使用人――いや、元使用人を置いて、ヴォイドは屋敷の中へ入った。ルナリアは衝撃《しょうげき》のあまり言葉もなくただ引かれてゆく。出迎《でむか》えた使用人達はみな驚いた顔をしていた。

「旦那様、お仕事はどうなさったのですか？」

執事《しつじ》のスライディーが聞いてきた。

「やめだ」

「え？　それはいったい……」

困惑《こんわく》する執事にヴォイドは鋭《するど》い眼差《まなざ》しを向ける。

その瞬間、執事が背筋を伸ばすのが見て取れた。

「この屋敷から……いや、ラドフォールの地から、天文学者を一人残らず追い出せ。今すぐにだ。以前の通り、この地で天文学を行うことは一切禁じる」

使用人達は全員一様に凍り付き、玄関ホールは時が止まったかのように静まり返った。そんな中、ヴォイドは言葉を重ねる。

「観測所は閉鎖《へいさ》だ。天文学の道具は全て破棄《はき》し、書物は一つ残らず燃やせ。それが済んだら建物を打ち壊《こわ》すための人足を手配しろ」

ルナリアは完全に混乱しきって頭が働かずにいた。ただ、自分の心臓の鼓動《こどう》だけが異様に大きく感じられる。

執事はそんなルナリアをちらりと見て、憐《あわ》れむような表情を一瞬だけ浮《う》かべたものの、すぐ真剣《しんけん》な顔つきになって己《おのれ》の胸に手を当てた。

「承知しました」

その言葉がルナリアの頭を動かした。

「旦那様！　嫌です！　やめてください！　どうしてそんなことをおっしゃるのです

か。学者達だってみんなあんなに喜んでいたのに……。旦那様は私が天文学を学ぶことを許してくださったではありませんか」

必死にすがるが、ヴォイドは冷ややかな目付きでルナリアを見下ろし、つかんだままの手を引いて歩き出した。

二人を見守る使用人達は人形のように表情を殺し、ただじっと黙《だま》っている。

ヴォイドは廊下《ろうか》を歩き、階段を上り、自分の部屋へルナリアを連れていった。

中に引きこまれ、奥の寝室《しんしつ》まで連れていかれて、そこでようやく手を放される。

まともに流れ出した血液に刺激《しげき》されて手がジンジンと痛んだ。

「……旦那様?」

どうしてここへ連れてこられたのか分からず、ルナリアは夫を見上げた。

彼は氷のような目でルナリアを見下ろし、ひとこと言った。

「服を脱《ぬ》げ」

今まで生きてきて一度も言われたことのない言葉を耳にし、ルナリアは固まった。

じわりと染みこむように言葉の意味を解し、更《さら》に困惑が増す。

「……何故《なぜ》ですか?」

「お前があの男と何もしていないか調べる」

ヴォイドが何を疑っているのか、ルナリアは一瞬で理解した。頭の中にぼんやりと父の姿が思い浮かんだ。毎日見ていたはずなのに、その姿はおぼろげではっきり思い出せない。どんな顔で……どんな声で……お父様は自分の血を引いていない子供を産んだお母様と接していたのだっけ……

「……脱げば……信じてくださるのですか？」

「……ああ」

ルナリアはその答えを聞いて、ゆっくりとコートのボタンに指をかけた。頭があまり働いていない。心も動いていなかった。何も考えず感じないまま、ルナリアはコートを脱ぎ落とした。

ヴォイドは険しい表情で腕組みし、ルナリアを見ている。その視線に晒《さら》されて、着ていたワンピースの胸の組紐《くみひも》を解《ほど》いた。

「……もういい」

そこでヴォイドの声がルナリアを止めた。

「どうして拒《こば》まない」

「……優《やさ》しい旦那様《だんなさま》が私に酷《ひど》いことをするはずありませんから……」

ヴォイドの表情が激情に歪《ゆが》んだ。苛立《いらだ》ちを放出するかのようにベッド脇のテーブルへ拳《こぶし》を叩《たた》きつける。細いテーブルの脚がへし折れた。

「お前は……私の何を見てそんなことを言うんだ。優しい旦那様……？　そんなものがどこにいる！」

凄《すさ》まじい怒声《どせい》で吐《は》き捨てるように言われ、ルナリアは身を震《ふる》わせた。僅《わず》かに後ずさり、呆然《ぼうぜん》とヴォイドを見つめる。彼は憤《いきどお》りをあらわにした目でルナリアを見据《みす》えた。

「もうたくさんだ。お前にはこれ以上何も与えない」

「どうして急に……そんな……」

動揺《どうよう》するルナリアに、ヴォイドは忌々《いまいま》しげな目を向けた。

「どうして……だと？　お前が一番分かっているはずだ」

「分かりません。教えてください」

懇願《こんがん》するルナリアを冷ややかに見下ろして、ヴォイドは言った。

「お前……私と天文学とどちらが大事だ？」

どうして今そんなことを聞いてくるのだろう？　この心は全て旦那様一人のものです——そう答えれば満足してくれるとでもいうの？　けれど口が裂《さ》けてもそんなことは言えない。だからルナリアは偽《いつわ》りなく想《おも》いを言葉にした。

「私の心のうち九百九十九は天文学に捧《ささ》げました」

「ああ、そうだな……なら、残る一つは誰のものだ？」

冷ややかに問われ、ますます困惑してしまう。どうしてそんな分かりきったことを聞くのだろう？

「もちろん旦那様のものです」

そう答えた瞬間、ルナリアの腕はヴォイドに捕《とら》えられた。すぐ傍《そば》の壁《かべ》に背中を押《お》しつけられ、荒々《あらあら》しく唇を塞《ふさ》がれる。身動きできないまま深く口づけられ、頭の中が混乱した。唇を離すと、ヴォイドはルナリアの両手を壁に押しつけたまま冷たい目でこちらを見下ろした。

「それは嘘《うそ》だな」

ぞっとするほど冷酷《れいこく》な声が耳を打った。

「嫁《とつ》いできた時から薄々《うすうす》思っていた。お前……他に好きな男がいるな？」

ずぶりと胸を刺《さ》す刃物《はもの》のように、ヴォイドの言葉はルナリアの心に刺さった。

「……いません」

「それも嘘だな。お前は以前好きだった男を忘れられないまま嫁いできたんだろう？　相手は誰だ？　あの博士《はかせ》か？　兄と慕《した》う天文学者か？　それとも他の学者の中にいるのか？　お前は以前、話し相手は天文学者だけだったと言った。ならば相手はその中にいるはずだ」

「いません！　他に好きな人なんていません！　今、恋している相手は旦那様一人です。本当です」

「……嘘はもう少し上手《うま》く吐《つ》け。お前には好きになった男がいた。だが、好きになることを許してもらえなかった。そして今でも忘れられない。今私が言ったことに心当たりは一つもないと、お前が心のほとんどを捧げた星に誓《ちか》えるか？」

ルナリアは絶句した。言葉にならない衝撃で胸が震えた。

壁に押し付けられたまま黙り込んだルナリアを見て、ヴォイドは緩《ゆる》く息を吐いた。

「……最後に残った千分の一すら私のものではないんだろう？　だったら九百九十も、残りの一つも、全部叩き壊してやる。私のものにならないなら、お前の心はもういらない」

冷酷にそう告げると、ヴォイドは見限ったようにルナリアを解放した。

第六章　嘘吐きの真実

あっという間の出来事だった。

ルナリアの部屋にあった道具はどこかへ持ち去られ、観測所は取り壊すための人手が集まるまで封鎖《ふうさ》された。天文学者はたちまち出入り禁止となった。

そしてルナリアは夜の間に外へ出ることを禁じられた。

窓から見える僅かな星を眺《なが》めて夜を過ごす。

観測所の中にあった道具が今どうなっているのか想像するのは辛《つら》かった。無残に叩き壊されて捨てられたのかもしれない。

眠《ねむ》れない夜を明かして、ルナリアはいつも通り昼を過ぎる頃《ころ》、夫の執務室《しつむしつ》へ向かった。

「おはようございます、旦那様」

いつもの机に着いていたヴォイドは、しかしいつものように返事はしてくれなかった。部屋の中にいた使用人が心配そうに両者の姿を見る。

「旦那様、お話があります」

「私にはない。仕事が立て込んでいる。お前と話をしている暇《ひま》はない」

ヴォイドは顔を上げもせずに拒絶《きょぜつ》した。そんな風に冷たくあしらわれたのは初めてだった。

「……お茶の時間にほんの少しだけで構いません。待っていますから……」

そう言ってルナリアはいつものソファに座った。

どう話せば分かってもらえるだろう……

あなたが好きです──ルナリアが持っている真実はこれ一つだけだ。それを伝えて分かってもらえるなら、昨日の時点でことは足りていた。こんな風にこじれてしまったのは、ルナリアがヴォイドを甘く見過ぎていたからに他ならない。

とにかく手が空《あ》くまで大人しくしていよう。焦《あせ》る気持ちを抑えてルナリアは待った。膝《ひざ》の上に両手を置いて行儀《ぎょうぎ》よく座り、本当なら研究の続きや新しい分野の勉強をしている時間だと考えた。

一昨日《おととい》は何をしていたのだっけ……そうだ、火星の軌道《きどう》を計算している途中《とちゅう》だった……記憶にある数値を呼び起こす。目の前の景色が消えて、数字と図形の世界に一瞬で入り込んでしまった。

どれくらい長い間そうしていただろう。深く深く思考の海に潜《もぐ》りこんでいたその時、ルナリアは突然唇を塞がれた。噛《か》み合う角度で唇を重ねられ、無抵抗《むていこう》で貪《むさぼ》られているうち現実に引き戻《もど》された。

勢いでソファに倒《たお》れ込み、目の前に焦点《しょうてん》を合わせると、覆《おお》い被《かぶ》さる格好でヴォイドが自分を見下ろしていた。キスされたらしいとぼんやり思った。

「何を考えていた？」

ルナリアをソファに組み敷《し》き、ヴォイドはそう聞いてきた。

「……火星の軌道を計算していました」

思考の切り替《か》えが完了していないままルナリアは答えた。

「領内での天文学は禁じる。たとえ頭の中でもだ」

「旦那様……どうしてそんな不可能だと分かっていることを言うのですか？」

ルナリアに笑ってほしいと言って観測所を作ったヴォイドは、それを誰より知っているはずだ。その気持ちを察したみたいに、ヴォイドは苦々しく顔を歪めた。

「……部屋から出ていけ。今すぐだ」

「嫌です――と言ったらどうするのですか？」

「……このまま傍にいて何もしないでいる保証は出来ない」

「何も……って……」

言葉の意味を感じ取り、瞬間的に頬《ほお》が熱を帯びた。恥《は》ずかしそうに顔を赤らめているルナリアを見て、ヴォイドは忌々しげな顔になった。

「……そんな反応を見せるくせに、この中では違《ちが》う男を想っているんだな」

低く脅《おど》すような声で言いながら、ヴォイドの右手の人差し指が、ルナリアの胸元をつうっとなぞった。その感触《かんしょく》にびくんと体を震わせる。

「出ていけと言っているんだ。お前と話すことは何もない」

もう一度そう告げて、ヴォイドはルナリアの上から退《ど》いた。

「何と言おうと天文学は禁じる。それなら実家に帰るとでも言うか？　何度も不貞《ふてい》を働いたふしだらな母親や、それを許してきた弱腰《よわごし》の父親なら、夫以外の男を平気で想い続けるお前のことも受け入れてくれるんだろうな。だが、ここから出ていくことは絶対に許さない」

背を向けてそんな言葉を投げかけられ、ルナリアは自分の感情にひびが入る音を聞いた。

「……今……何と言いました？」

これまでとは質の異なる声が出る。ヴォイドはそれに気付いて振《ふ》り返った。

そんな言葉……ヴォイドにだけは絶対に言ってほしくなかった。

嵐のような強い感情が胸の中で吹《ふ》き荒れ、けれどそれをどうぶつけていいのか分からなくて……ルナリアは精一杯の憤りを表すように笑った。感情に反したその笑みは、泣き出しそうに歪《ゆが》んでいた。

「旦那様《だんなさま》……私はあなたが好きです。けれど……お父様とお母様を悪く言う人とは、仲良くしたくありません」

ヴォイドはそれを見て、初めて動揺する様子を見せた。

「だから旦那様も、もう私に優《やさ》しくしてくれなくて結構です」

「なっ……」

怒《おこ》るかと思ったヴォイドは明らかに狼狽《うろた》えた。

「あなたをこれ以上好きになると困るから……だからもう優しくしないでください」

ルナリアはそう言うと、ヴォイドを残して部屋を出た。

ゆらりゆらりと彷徨《さまよ》う歩調で自室へ戻り、壁に背を預けてずるずると座り込む。

これでもう、二度とお互《たが》い歩み寄ることはないのだろうか……？

黙《だま》っていればよかった？　お父様とお母様を悪く言われても？　けれど、そんなことを許した自分を、ルナリアは許すことが出来ないだろう。

隠しおおせなかったのは、ルナリアがヴォイドを甘く見過ぎていたということだ。

ルナリアはヴォイドが好きだ……。それはまごうかたなき本心で、そこに偽りはない。けれど……彼がルナリアに抱《いだ》いた疑いもまた、間違ってはいないのだ。彼は驚《おどろ》くほどの鋭《するど》さで、ルナリアの心の奥底を正しく見抜《みぬ》いた。

封印した千一個目の部屋に、住んでいる人がいることを――

ルナリアは空を見ることをやめた。夫の言いつけを従順に守り、天文学の一切を求めようとしなくなった。夫の理解を得ようと言葉を尽《つ》くすことをやめ、行動を起こすことをやめ、そして……笑うことをやめた。

ヴォイドはそんな妻を見つめることを避《さ》けた。まるで自分の過《あやま》ちから目を背《そむ》けるかのように……。苛立《いらだ》ちを募《つの》らせているのは誰の目にも明らかだったが、それを妻にぶつけることを恐《おそ》れて距離を保っている。

使用人達はみな胃をきりきりと痛めて、この繊細《せんさい》で難しい少年少女の如《ごと》き夫婦の成り行きを見守っていた。

そして十日が経《た》ったある日――ラドフォール伯爵家《はくしやくけ》を訪ねてきた一人の男がいた。

ルナリアは執事に呼ばれて応接間に入り、そこにいた人の姿を見て目を丸くした。

「博士！」

ルナリアの師であるアストラス博士《はかせ》がそこにいた。

ルナリアが小走りで駆《か》け寄ると、アストラスは愛《いと》おしげに笑ってうりうりと頭を撫《な》でた。ルナリアはアストラスの薄汚いコートの裾をつかんだ。

「博士、この間はごめんなさい。今日はどうしてここへ？」

「お前に会いに来たわけじゃないよ」

そう言われて不思議に思っていると、応接間の入り口から屋敷の主《あるじ》であるヴォイドが入ってきた。

ルナリアは反射的に博士の背に隠《かく》れた。それを見たヴォイドは眉《まゆ》をひそめ、ずかずかと歩いてくるとアストラスの後ろからルナリアの手首をつかんで引きずり出す。

ルナリアは無言で夫を見上げた。ヴォイドはそんな妻を不愉快《ふゆかい》そうに引いてゆく。

彼は一言も説明せずに応接間から出ると、自分の部屋までルナリアを連れてゆき、中に押《お》し込んで鍵《かぎ》をかけた。施錠《せじょう》されたウォード錠は中から開けることが出来ず、ルナリアは閉じ込められてしまったのだ。

世界中探しても自分ほど心の狭《せま》い男はいないだろうとヴォイドは思った。

これはただの嫉妬《しっと》だ。ルナリアがあの男を頼《たよ》って後ろに隠れていたことが我慢《がまん》ならなかった。心はいらないなどと言っておいて、悲しげに微笑《ほほえ》まれれば狼狽えてしまう。無気力に日々を過ごす様子を見ると居たたまれなくなる。他の男にすがるのを目の当《ま》たりにすると苛立ってしまう。

だったら今まで通り、彼女の心の内側になど気付かない振りをしていればいいものを……それすら出来ないほど自分は嫉妬深い人間なのだ。

嫌気《いやけ》がさしながら、ヴォイドは応接間へ戻った。

訪ねてきた男は出窓に座ってだらしなく足をぶらつかせていた。

その男が誰であるかヴォイドははっきりと憶《おぼ》えていた。ルナリアの師であるアストラス博士だ。

「当家に何の用だ。この領内に天文学者が立ち入ることはすでに禁じた。用事がないのなら即刻《そっこく》立ち去れ」

ヴォイドは離れた位置で軽く腕組みし、威圧的《いあってき》に告げた。しかしアストラスは平然とヴォイドを見つめ返し、微《かす》かに首を傾《かたむ》けた。

「……お前はガルヴァンに生き写しだな。顔も声もしゃべり方も振舞《ふるま》いも……あの男にそっくりだ。お前がルナを迎《むか》えにきた時、俺はあの男が蘇《よみがえ》ったのかと思った」

死ぬほど言われたくないそのことを明確な言葉にされて、ヴォイドの感情は一瞬で逆立つ。アストラスはそんなヴォイドの激情など意にも介《かい》さず口を動かした。

「俺はルナに会いたくて今日ここに来たわけじゃない。お前に会いに来たんだ」

「……どういうことだ？」

訝《いぶか》るように聞いたヴォイドを見つめ返し、アストラスは淡々《たんたん》と言った。

「この数日の間に街で聞いた。お前がガルヴァンに生き写しだと言われてることも、ルナと結婚して人が変わったことも、天文学を解禁したことも、俺とあの子が会っていた日に天文学を再び禁じたことも……」

そこで一旦《いったん》言葉をきり、彼は淡《あわ》い吐息《といき》をつく。

「お前はきっと真面目《まじめ》な子供だったんだな……育てられたように育った。そこまであの男の言いなりに育つ必要なんかなかったのに……。酷《ひど》い目に遭《あ》わされたんだろうな。あいつと同じように育たずにはいられないくらい、徹底的《てっていてき》に矯正《きょうせい》されたんだろうな」

まるで見てきたようなことを言われ、ヴォイドの苛立ちは疑問に変わった。

「……お前は何者だ……？　ガルヴァン・カイザークを知っているのか？」

ガルヴァン・カイザークを――ヴォイドの憎《にく》むべき祖父をよく知っている口ぶりのこの天文学者はいったい何者だ――？

「ああ、よく知ってるよ。俺はガルヴァンの息子だ」

さらりと驚くべきことを言われて絶句する。

「お前の父親の弟――つまり叔父《おじ》だな。元々ガルヴァンの跡を継《つ》ぐはずだったのは俺なんだ。俺はガルヴァンのお気に入りだったから……。でも、俺はそれが嫌でこの家を捨てた。天文学者になりたかったんだ。ここを出たのはもう三十年も前になる」

出窓に腰掛《こしか》けたまま、アストラスは膝《ひざ》に頬杖《ほおづえ》をついた。

突然の告白に頭がついていかず、ヴォイドは険しい顔でただアストラスを見据《みす》えるしかなかった。

「俺がいなくなって怒《いか》り狂《くる》ったガルヴァンは、この地での天文学を禁じた」

「……お前があの叔父か……」

そこでようやくヴォイドの頭は動き出した。

祖父から幾度《いくど》となく聞かされた息子への恨《うら》み言《ごと》を思い出す。まるで呪《のろ》いのように繰《く》り返されたそれは、聞かされた幼いヴォイドの精神を疲弊《ひへい》させた。

その原因たる男がルナリアの師だったということに驚く。

「あの叔父かどうかは知らんよ。でも、俺はお前の叔父だ。甥《おい》っ子」

アストラスは軽く言った。

「その叔父が今更《いまさら》何のために戻ってきた。捨てた跡継ぎの座でも惜《お》しくなったか？」

「まさか……ただ、自分のしてきたことの結末をきちんと受け入れようと思っただけだよ」

　アストラスが何をしようとしているのか分からず、ヴォイドの表情は益々《ますます》険しさを増した。アストラスは小さく笑いながら穏《おだ》やかに言った。

「お前はきっと、ガルヴァンから特別目をかけられてきたんだろう？　毎日のように杖《つえ》で打ち据えられたり、吐《は》き気《け》のするような言葉で罵倒《ばとう》されたり……」

「黙れ。お前に何が分かる」

　軽い言葉で思い出したくもない過去を穿《ほじく》り返され、ヴォイドはぎりと歯嚙《はが》みした。

「分かるさ。お前が受けた仕打ちは、元々俺が受けていたものだったんだから。俺がいなくなったせいで、お前が身代わりにされたんだ。俺がこの家を出なければ、お前がそんな目に遭うことはなかっただろうな」

　どこまでも軽い口調でアストラスは言った。

「メレディアも同じだった。……メレディアを知ってるか？」

「……ルナリアの母親だな。ガルヴァンに溺愛《できあい》されていたとかいう……」

「ああ、ラドフォールの妖精《ようせい》……元々は俺の婚約者でもあった。俺が屋敷《やしき》を出る時に別れたわけだが……俺が家を捨てたことに対する苛立ちを、ガルヴァンはメレディアにも向けた。メレディアは俺みたいに逃げたりしないよう、厳しく監視《かんし》されたらしい。その原因も……やっぱり俺だな」

　アストラスは軽く肩をすくめた。

「メレディアはその時の痛みを、娘のルナにぶつけた。娘を外へ出すことを極端《きょくたん》に嫌がったんだ。幼いルナがどれだけ必死にそれを受け入れようとしたか……お前は知ってるか？」

「……何が言いたい」

　見えてこない結論に苛立ってヴォイドは声を低めた。

「……俺が逃げたせいでガルヴァンから受けた痛みを、メレディアはルナにぶつけた。俺が受けるはずだった痛みをお前が代わりに引き受けて、お前はその苛立ちをルナにぶつけた。痛みは人から人に受け継がれる……。だけど……最後の受け皿になったルナは、その痛みを人にぶつけることを知らない。ルナが感情をぶつける相手は天文学だけだ。それだけがルナを救った」

　その言葉を聞いてヴォイドは息を詰《つ》めた。

「甥っ子、ルナから天文学を奪《うば》うな。あの子は無限の受け皿じゃない。溢《あふ》れれば壊《こわ》れる十代の女の子だ」

「……そんなことを言うためにここへ来たのか？」

ヴォイドは苦々しげに言った。言われずとも分かっている。彼女のあの輝《かがや》く笑顔を護《まも》るためには天文学が必要だ。アストラスは真っ直《ま す》ぐヴォイドを見た。

「言ったろ？　自分のしたことの結末を受け入れにきたって」

「……お前がいなくなってガルヴァンの標的が私に変わったから何だと？　今更な話だ。地に伏《ふ》して謝罪しようとでもいうのか？」

自分が生まれるより前に出ていった男に、今更謝られたところで何にもならない。嘲笑《あざわら》うように問いかけると、アストラスは緩《ゆる》く首を振《ふ》った。

「いいや、俺は──誰にも謝らないよ。お前にもメレディアにもルナにも謝らない。何故《なぜ》なら、俺は自分が悪いことをしたとは思ってないからだ。全部の原因が俺にあることは分かってる。だけどな、俺は時間が戻《もど》っても、同じようにこの家を捨てるだろう。その後、誰がどう傷付くか分かっていてもやめないだろう。俺は自分の意志でこの家を捨てた。それを謝るつもりはない」

「ならば、お前がしたことの結末をどう受け入れるというんだ」

「うん、俺は……お前に憎まれにきたんだ。許してくれなんて絶対言わない。お前は死ぬまで俺を憎んだらいいよ。これからも好き勝手に生きていくだろう俺を、殺したいほど憎めばいい。その代わり、使用人にも、領民にも……ルナにも、怒りの矛先《ほこさき》を向けるな」

どこまでも穏やかにアストラスは言った。ヴォイドは腹の中を焼かれるような心地《ここち》がした。この男が間違《まちが》いなくルナリアを大事に想《おも》って行動していると分かって……

「……ルナリアがずっと想い続けている相手は……お前か？」

絞《しぼ》り出すように聞いていた。婚礼の晩餐《ばんさん》で聞いた、アストラス博士がルナリアの初恋の相手である——という話を、ヴォイドははっきり覚えている。その時も問い質《ただ》したいと思ったが、ルナリアが妙《みょう》に表情を強張《こわば》らせていたのを見て出来なかったのだ。

アストラスはじっとヴォイドを見つめ、人畜無害《じんちくむがい》な草食動物のように笑った。

「それはルナに直接聞くことだ、甥っ子」

その頃《ころ》、ヴォイドの部屋に閉じ込められていたルナリアは、うっすらとため息をついていた。

外へ出してもらえない……この状況に昔のことを思い出した。

ルナリアを心配する母は、ルナリアが外へ出ることを極端に嫌がった。

天文学狂いの娘が恥《は》ずかしかった……？

違う。メレディアが嫌悪《けんお》を向けるのは、特定のものに対してのみだった。

彼女はいつも言っていた。

『男の人に近付いてはダメよ』

メレディアはルナリアが男性の前に出ることを嫌がったのだ。

異常なほどの潔癖《けっぺき》を彼女は娘に求めた。

嫁になど行くべきじゃないと何度も言われたのを憶えている。

そんなことを思い出し、ルナリアは扉《とびら》が開けられるのを待ちながらヴォイドの部屋の中をうろついて、机の上に散らばった紙片に気付いた。

何だろう……ゴミ……？　何気なく手に取って中を開き、凍《こお》り付いた。

しばし硬直《こうちょく》し、緩慢《かんまん》な動きで全ての紙片に目を通す。

そのまま長いこと佇《たたず》んだ後、ようやく理解した。

ヴォイドがどうして突然ルナリアへの疑いを深めたのか……

思えばヴォイドの様子が明らかにおかしくなったのは、両親を招いての婚礼を終えてすぐの頃からだ。

ルナリアはゆっくりと動き出し、部屋の窓を開け放った。

応接間のソファに座り込み、ヴォイドは額を押《お》さえていた。

ここ数日まともに顔を合わせていなかったルナリアの笑顔を思い出す。

彼女の笑顔が好きだった。どれだけ贅沢《ぜいたく》させてでも守りたいと思った。

それなのに……自分は彼女を傷付ける側に回っている。そのことを最低だと思いながら、何とも思われないくらいなら恨まれた方がましだという気持ちになる。

「……私はガルヴァンと同じ異常者なのかもしれないな……」

ヴォイドがぽつりと零《こぼ》すと、応接間の出窓にずっと座っていたアストラスが答えた。

「自分を異常者かもしれないと疑う人間は異常者ではありえない。ただ、女を傷付ける男は最低ではある」

穏やかなその言葉が妙に刺《さ》さる。

「ルナリアはそれを全部受け止めてきたのか……。母親の抑圧《よくあつ》も……父親の冷酷《れいこく》さも……夫の非情さも……」

ヴォイドは自嘲《じちょう》的に呟《つぶや》くが、そこでアストラスが口を挟《はさ》んだ。

「一つ間違ってるな。ルナリアの父親は――テオルード・ノエルは、ルナリアを傷付ける側の人間じゃない。あの男は俺の自慢《じまん》の親友だ。あいつは紳士《しんし》だ」

「……親友の婚約者だった女を凌辱《りょうじょく》して孕《はら》ませるような男が紳士……か？」

ルナリアの両親が結婚した経緯《けいい》を知っているヴォイドは侮蔑的《ぶべってき》に言った。テオルードがルナリアにきつく当たっているところも見ている。それが妻の不貞《ふてい》ゆえだとしたら、同情出来ないではないが……だからといって、凌辱した女性を無理矢理《むりやり》妻にした過去が許されるわけではない。しかし、アストラスは静かに首を振った。

「テオルードは正真正銘《しょうしんしょうめい》の紳士だ。あんなカッコいいやつはいない。俺はあいつに今まで勝てたことがないし、これからも勝てないだろうさ」

確信を持ったアストラスの言葉を聞き、ヴォイドの中に奇妙《きみょう》な違和感《いわかん》が生じた。

何だ……？　何故こんなに誰も彼も言うことが違う？

二十五年前――メレディアがテオルードに凌辱され、孕み、川に身を投げ、助けられ、無理矢理嫁《とつ》がされた。

執事《しつじ》のスライディーはまるで誰かからそう証言するよう言いつけられているかのように、それが真実だと言った。

しかしルナリアは両親が愛し合っていると信じ、それでいて父の血を引く子供はいないと確信を持って言った。

メレディアは誰もが暴君だと恐《おそ》れたガルヴァンに慈《いつく》しまれたと笑い、テオルードに凌辱されたことを真実だと言った。

アストラスはメレディアが祖父から厳しく監視されたと明かし、そんな彼女を奪ったテオルードを紳士だと言った。

嘘《うそ》を吐《つ》いているのはいったい誰だ――？

それを想像し、ぞわっと背筋が凍った。

単純な話だ。嘘吐きが一人いれば、全てが真実になる。婚礼前夜に浮《う》かんだおぞましい仮説は的を射ていたのだ。それも、もっと悪い方向に傾《かたむ》いて――

「……嘘を吐いたのは……テオルード・ノエルか……？　彼が事実を捻《ね》じ曲げて嘘を真実にした張本人か……？」

眉《まゆ》をひそめてヴォイドは聞いた。アストラスは無言を肯定《こうてい》とするように唇を引き結んでこちらを見ていた。ルナリアがずっと気にしていた両親の真実に、ヴォイドは自分がたどり着いたことを知った。

室内が重い静寂《せいじゃく》に包まれる。その時、バンと音を立てて応接間の戸が開き、メイドが駆《か》けこんできた。

「旦那様《だんなさま》！　奥様が部屋にいらっしゃいません」

ルナリアは屋敷の近くにある民家で借りたロバに乗り、街を訪《おとず》れていた。

辺りには人が多く、忙《いそが》しそうに行き交《か》っている。

天文学者達が逗留《とうりゅう》していた宿を探し、そこへ足を踏《ふ》み入れた。

ルナリアの願いどおり、彼はまだそこにいた。

宿屋の女将《おかみ》に案内されたルナリアを見た途端《とたん》、彼——天文学者のシグはぎょっとした顔になった。何故か頰《ほお》に殴《なぐ》られたような痣《あざ》がある。

「まだいてくれてよかったです、シグ兄様」

「……何の用だ？　お嬢《じょう》。俺はもうこの土地から出ていくところだけど……」

狭《せま》い部屋の中で向かい合い、ルナリアは彼を問い質した。

「シグ兄様……旦那様に変な手紙を出したのはシグ兄様ですね？」

その問いにシグは一瞬眉を動かしたものの、すぐに笑ってみせた。

「何のことだよ。手紙？」

「私がシグ兄様のクセ字を見間違うわけありません」

真っ直ぐ見つめて突《つ》きつけると、シグは深々とため息をついた。

「……あんな手紙取っとくなよ……お嬢の旦那は執念《しゅうねん》深いな……」

がりがりと頭をかく。

「……シグ兄様、どうしてあんな手紙を……いえ、誰に雇《やと》われてあんな手紙を書いたのですか？」

問い詰《つ》めるがシグは答えない。ルナリアは視線を落として聞いた。

「……私のお母様に頼《たの》まれたのですか？」

シグは驚《おどろ》いたように目を見張り、諦《あきら》めを表すため息をついた。

「俺はさ、お嬢のことが好きだよ。可愛《かわい》い妹みたいに思ってる。だけどな……言うことを聞けば一生困らないだけの研究資金を援助《えんじょ》してくれる。逆らうならどの土地でも天文学が出来なくなるよう手を回す——なんて言われたら、俺に異を唱えることは出来ないんだよ。天文学よりお嬢を取ることはありえねえ」

遠回しな肯定を聞き、ルナリアは悲しげに眉を下げた。

「やっぱりお母様だったんですね……」

「悪かったよ。博士《はかせ》に絞られた分で勘弁《かんべん》してくれ」

シグはそう言って自分の頬を指した。

「その怪我《けが》……博士が？」

ルナリアは驚いて目を皿にした。

「捕《つか》まって、問い詰められて、全部白状させられて……思いっきし殴られた。お嬢の旦那のこと、根掘《ねほ》り葉掘り聞かれたよ」

それを聞いて益々《ますます》驚く。博士は非力だし暴力が大嫌いなのに……。それでもルナリアのためにそこまで怒《おこ》ったのだ。

「……お母様は、シグ兄様に何をさせようとしたのですか？」

「お嬢とラドフォール伯爵《はくしやく》を仲違《なかたが》いさせろ——って言われてた。俺こそ聞きたいわ。お嬢の母親はお嬢をどうしようとしてるんだ？」

「……お母様は……私を旦那様と別れさせて、連れ戻《もど》したいのだと思います」

「は？　………何で？」

心底訳が分からないという風に問われてルナリアは困った。その理由がずっと分からないまま、ルナリアは十八年生きてきたのだ。

「シグ兄様、お願いがあります。それを叶《かな》えてくれたら、シグ兄様がしたことを許しますし、旦那様にも黙《だま》っています」

「……何だよ」

警戒心《けいかいしん》を込めて聞いてくるシグに、ルナリアは言った。

「旦那様に伝言をお願いします」

「その……窓から繋《つな》いだカーテンやシーツが垂れていて……おかしいと思ったんです。

だからノックをしてみたのですが、返事がありませんでした」

　空っぽの部屋に佇むヴォイドの後ろから、メイドが怯《おび》えたように説明した。

「……甥《おい》っ子、ルナはどこに行った」

　勝手に後をついてきたアステラスが聞いてくる。

　そんなものは自分が知りたい。

　なすすべもなく佇んでいる彼等の元へ、執事が来客を告げにきた。

　案内されてきたのは、ルナリアが親しくしていた天文学者のシグだった。

「どうしたんだ？　宿で反省してろって言っただろう？」

　そう聞いたのはアステラスだった。

「すんません、博士……ルナお嬢から伯爵様に伝言を頼まれたんです」

　その言葉に全員がはっとする。

「天文学を禁止する人の元では暮らせません。自分はこれから一番好きな場所で思う存分星を眺《なが》めることにします――だそうです」

　シグは降参するように両手を上げた格好で告げた。

　ヴォイドはしばしその場に立ちつくし――部屋を飛び出した。

一番好きな場所へ自分の足で歩いていって、ルナリアはその場所へ着くとぱったりと仰《あお》向《む》けになった。太陽の傾き始めた空が見える。

雲の流れを目で追いながらのんびりと時間を過ごし、流れる風の心地《ここち》よさに久しぶりの満ち足りた気持ちを味わった。

そうしているうちに日はどんどん傾いて、空を赤く色濃く染めてゆく。

次第《しだい》に紫《むらさき》や藍色《あいいろ》が混じり、ちらちらと輝《かがや》く星が見え始めた。

とっぷりと日が暮れ満天の星空が視界一面を覆《おお》い尽《つ》くすと、自分も一つの星になったような心地がして、ルナリアはうっとりと空を見上げていた。

緩《ゆる》やかな空の変化を見つめながら、ルナリアは覚悟《かくご》を固めた。

ふっくらとした月が高く上った頃《ころ》、ルナリアの待ち人はようやくそこを訪れた。

「遅《おそ》かったですね、旦那様」

「お前……何でこんなところにいるんだ……」

ヴォイドは荒《あら》い息をつきながらどかっと胡坐《あぐら》をかいた。

寝《ね》そべっていたルナリアは体を起こす。

ルナリアがいたのはヴォイドのくれた観測所の屋上だった。

「私のことを捜してくれたんですか？」

「……捜した。捜し回った。街中馬をかっ飛ばしてな。星のよく見えそうな山にも登った。遠くへ行けないように、乗合馬車も貸馬車も列車も全部運行を止めた。本当に……死ぬほど捜した」

ルナリアはふふっと笑った。

「私は昼からずっとここにいました。ここ以外に行きたいところがなかったので……。旦那様が何一つ捨てずにいてくれて嬉《うれ》しかったです」

壊《こわ》されてしまったかもしれないこの場所へ来るのは怖《こわ》かった。けれど、猟場番人《ゲームキーパー》に頼んで鍵《かぎ》を開けてもらったら、観測所の中は最後に見た時のまま、何一つ壊されても捨てられてもいなかったのだ。

ルナリアは屋上に正座して夫を見つめた。

「旦那様が急に疑いを深めたのは、部屋にあった手紙のせいですか？　あの手紙は私のお母様が人に頼んで仕込んだものです」

そう説明すると、月明かりの下でヴォイドが眉をひそめたのが見えた。

「お母様は……私を男の人に嫁がせたくないのだと思います」

そこでルナリアは頭を下げた。

「旦那様を傷付けてしまったことを、私が代わってお詫《わ》びします。ですが、これだけは分かってください。お母様はふしだらな女性ではありませんし、お父様も弱腰《よわごし》な男性ではありません」

それだけはどうしても分かってほしい……ルナリアのその想《おも》いをくんだかのように、ヴォイドは軽く顎《あご》を引いた。

「……ああ、分かってる。お前の両親を侮辱《ぶじょく》したことを撤回《てっかい》する。悪かった。頼むから屋敷《やしき》に戻ってきてくれ」

「……いいえ、旦那様……戻る前に、認めなければならないことがあります。旦那様が私に抱《いだ》いた疑いは間違《まちが》っていません。私には……以前恋した人がいました」

ヴォイドの表情が僅《わず》かに硬《かた》くなった。

「……言わなくていい。お前が想う相手のことを、もう無理に聞き出そうとは思わない。お前がここからいなくなるよりはずっとましだ。捜し回っている間ずっとそう思っていた。ここにいたいと思ってくれるのならそれでいい」

彼は覚悟を決めたようにそう言った。ルナリアはきゅっと唇を噛《か》んで、ヴォイドの手を握《にぎ》った。

「聞いてください。……その人は……生まれた時から私の側《そば》にいてくれました。無口で……愛想がなく……あまり笑わない人です」

ヴォイドは驚いた顔になったが、止めようとはしなかった。ルナリアは続ける。

「時には厳しいことを言われたりもしました。けれど、厳しさより遥《はる》かにたくさんの優《やさ》しさと愛情を、私はその人からもらいました。私はその人と血が繋がっているのだとずっと思っていて……けれど、八歳になった頃、実は自分がその人と赤の他人なのだと知りました」

そう告げた時、ヴォイドが大きく目を見開くのが見えた。彼はそれで全部察したに違いなかった。ルナリアはヴォイドの手を握る手に力を込めて、言葉を紡《つむ》ぎ続けた。

「それより少し前から……私はお母様に、男の人の前に出ないよう言われるようになっていました。屋敷から出してもらえなくて……苦しくて……お母様は私が嫌いなのかもしれないと思いました。そんな私に、その人は言ったんです。『お母様は心の中に怪我をしてるんだよ』って……『それが治らなくて苦しんでる。だからルナが困ることを言うかもしれないけど、優しくしてあげてほしい』って……『その代わり、自分がルナにうんと優しくするから』って……」

そこでルナリアは小さく笑った。久々にはっきりと思い出したその時のことは、不思議なくらい穏《おだ》やかな思い出に感じられた。

「その人は、本当に誰より私に優しくしてくれました。心から愛してくれました。だから……その人を好きにならずにいる方法が分からなかったんです。私は千分の一の心でその人に恋をしました。八歳の女の子の、初恋の話です」

そこで少し間を空《あ》けると、ヴォイドは怒るでも苛立《いらだ》つでもなく落ち着いた表情を浮《う》かべていた。

「……話を続けてもいいですか？」

「……ああ」

ヴォイドは冷たい手の平でルナリアの手を握り返した。

「もしも私がその人と血が繋がっていたら……大きくなったらその人のお嫁さんになりたい……なんて言ったかもしれません。だけど、そんなことは冗談《じょうだん》でも言えませんでした。誰にも知られてはいけないと思いました。許されないって分かっていたんです。あの人は……お母様のものです。私の王子様ではありません」

ルナリアはちょっとだけ淋《さび》しげに微笑《ほほえ》んだ。

「だから私は……その人を好きになった心を殺しました。殺した心の代わりに空っぽの部屋が生まれましたが、そこには誰もいれませんでした。人を好きになったら……殺した心が蘇《よみがえ》る気がして怖かったんです。尊敬する博士《はかせ》を殺した恋心の身代わりにさえしました。私はこのまま誰のことも好きにならないのかなと思っていました。だから……旦那様《だんなさま》を好きになることを許されてどれだけ嬉しかったか……旦那様にも分からないと思います」

穏やかにゆっくりと語るルナリアの言葉を、ヴォイドは以前と同じように黙って聞いてくれた。

「……どうしてそれを突然明かす気になった？」

彼は一考して聞いてきた。

「……秘密を共有したい……と、思ったからです。殺した心を旦那様が見つけてくれて、私はどこかで嬉しいと感じていたのかもしれません」

誰にも気付かれないまま殺した心に、ヴォイドだけが気付いた。

「……そうか……私が天文学を禁じたことには何の意味もなかったな」

ヴォイドはため息まじりに言った。

「そうですね。特に意味はなかったと思います」

「ああ、お前の心の底にいる相手は、天文学よりよほど厄介《やっかい》だということだ」

「……その人のことを忘れた方がいいですか？」

「……いや、忘れなくてもいい」

そう言われて、ルナリアの胸の中は温かさで満たされた。

「旦那様……私はあなたが好きです。私が持っている真実はこれ一つだけですが……信じてくださいますか？」

真剣《しんけん》に見つめると、ヴォイドはしばらく思案して、思いついたように言った。

「……お前が私好みの女になると言うなら信じてやってもいい」

ルナリアはぱちくりとする。それは自分がここへ嫁《とつ》いできてから何度も挑戦《ちょうせん》してきたことではないか。

「分かりました、おっしゃってください。どんな女性が好みなのか」

ぐっと姿勢を正したルナリアをじいっと見つめ、ヴォイドはゆるりと口を開いた。

「……背はそんなに高くなくていい。髪の色は黒や茶より金色の方が好みだ。胸は大きくなくて構わないな。いつも眩《まぶ》しいくらいの笑顔で笑っていて、誰もが恐《おそ》れる暴君を平気で優しいと言うような……天文学狂《きょう》の女……そういうのが好みだ」

「それって……」

ルナリアは呆然《ぼうぜん》と彼の求める女性像を聞き、僅かに目元を染めた。

「……すごく趣味《しゅみ》が悪いと思います」

「そうかもしれないな。だが、そういう女がいい。なれるか？」

繋《つな》いだままの手に力を籠《こ》められ、その手を握り返す。

「そうなれるように努めます」

冗談めかして答えると、ルナリアは輝くような笑みを浮かべた。


それから半月後のこと——

ヴォイドはワーゲン地方を訪《おとず》れていた。

待ち合わせたホテルのロビーに、約束の相手はやってきた。

ルナリアの父でありヴォイドの義父——ワーゲン伯爵《はくしゃく》テオルード・ノエルだった。

ヴォイドはこの義父を前にして、なんとも複雑な気持ちになった。

ヴォイドは彼に、ルナリアの母であるメレディアが人を雇《やと》って怪文書《かいぶんしょ》を送りつけてきたことを話した。テオルードは驚《おどろ》きを表に出さなかった。

「私の監督《かんとく》不行き届きだ。君にも娘にも申し訳ないことをした」

テオルードは真剣な顔で謝罪の言葉を述べた。

「妻にはきつく言って聞かせる。二度とこんなことはさせない」

それを約束してもらえるのならばヴォイドに文句はなく、その会談は速《すみ》やかに終わった。別れ際《ぎわ》、ヴォイドはふと彼に聞いた。

「あなたはどうして娘を私に嫁がせたんですか？　娘を大事に思うなら、あまりいい縁談《えんだん》だとは思えませんが……」

最初は血の繋がらない娘を評判の悪い男の元へ追いやっただけなのだと思っていたが、たぶんそうではないのだろうと今は思う。

テオルードは不思議そうにまばたきして答えた。

「君は繊細《せんさい》で気難しそうに見えるが……情が深そうだと思った。あの子を大事にするだろうと思った。何より、天文学狂《ぐる》いのあの子を娶《めと》ってもいいという相手は、そうそう見つかるものではないからな」

そう説明して立ち去りかけた義父は、最後に振り返って言った。

「先代のラドフォール伯爵をよく知る人達から見ると共通点ばかりが目につくのかもしれないが……私の目から見て、君はそれほど先代には似ていないよ」

そんな言葉を残して今度こそテオルードは背を向けた。ヴォイドは何だか奇妙《きみょう》な敗北感を覚えた。彼の親友だと言うアストラス博士がテオルードには勝てないと言ったことを思い出す。

彼の後姿を見送って、ヴォイドは帰路に就くこととなった。

彼と彼の妻のことは、ルナリアが知るべきではないと思いながら……


「あなた……お帰りなさい」

テオルードは屋敷に帰ると柔《やわ》らかな笑顔の妻に出迎《でむか》えられた。

テオルードは彼女を自室へ連れていき、会談のいきさつを話した。

「メレディア、ルナリアはここには戻《もど》らない。これ以上馬鹿《ばか》なことはするな」

「あなた……どうしてそんなことを言うの？」

メレディアは驚きを湛《たた》えた瞳《ひとみ》で言う。

「あの人は……きっとガルヴァン様の生まれ変わりだわ。同じ声で……同じ顔で……同じ目で人を睨《にら》むの……。そんな人にルナが汚《けが》されてもいいの？　そんなのダメよ。ルナはずっと綺麗《きれい》なままじゃないといけないの。男の人に汚されたりしちゃいけないの。守ってあげないといけないの。だってルナは……汚れた私とは違うんだもの」

「メレディア……君だって汚れてなんかない」

「いいえ、汚れているわ。こんなに汚い……。私は娼婦《しょうふ》なのだから、死ぬまでそう振舞《ふるま》わなくちゃ……」

メレディアの表情がひび割れるように崩《くず》れた。

「ホセが毎晩呼びにくるのよ……旦那様が寝室《しんしつ》でお待ちです……って。お父様はこう言うの……ガルヴァン様に可愛《かわい》がってもらうんだ……って。お母様は言ったわ……あなたのお陰《かげ》で良い暮らしが出来るのよ……って。使用人達もみんな望んでた……旦那様を怒《おこ》らせないために我慢《がまん》してください……って。私がっ……あの部屋でガルヴァン様に何をされていたか、みんな知ってたのに……って。──!」

感情的に声を荒《あら》らげると、メレディアの大きな瞳から涙が零《こぼ》れた。

「メレディア……メル……落ち着くんだ」

テオルードは泣きながら震《ふる》える妻を抱《だ》きしめた。

二十五年前──テオルードは川に飛び込んだ一人の娘を助けた。

『ガルヴァン様が……お腹《なか》の子は自分の子だと認められないから薬で殺せとおっしゃるの。……可哀想《かわいそう》だから私も一緒《いっしょ》にと思って……』

虚《うつ》ろな瞳で言葉をこぼす娘の身に何があったのか……それで全て分かった。

『彼女のお腹の子供の父親は私です。彼女に懸想《けそう》して、以前この屋敷《やしき》を訪れた際無理《むり》矢理《やり》関係を結びました。ですから、責任をとって彼女を妻に迎えます』

テオルードの申し出を、本当の父親を明かすことが出来ないラドフォール伯爵が拒《きょ》否《ひ》することはなかった。

最後まで嫁ぐことを恐れていたメレディアは、無事に男の子を産んだあと言った。

『私……あなたの子供は産まない……一人だけあなたの血を引いていなかったら、この子が可哀想だもの……』

子供に対する愛情……とは違《ちが》うと今なら分かる。彼女の行動の全ては――ある種の自傷行為《こうい》だ。止めようとすればするだけ彼女の精神は不安定に揺《ゆ》らいだ。

そんなメレディアは、娘のルナリアにだけ異常な純潔を求めた。母親を慕《した》うルナリアは、幼い頃《ころ》父親に言われた言葉を信じて、母親に優《やさ》しくしようと努めたのだ。母の望むように振舞い、一生結婚しなくてもいいとまで言いだした。

この子を解放してやらなければ――そう思った。

「メル……あの子はちゃんと幸せに暮らしている。安心するんだ」

なだめるように言うと、メレディアは瞳を震わせ抱きついてきた。

「あなた……私を怒っている？　嫌いになった？」

「嫌いになんかならない」

するとメレディアは僅《わず》かに体を離して唇を重ね合わせてきた。腰《こし》を抱《かか》えてそれに応《こた》えてやると、唇の端《はし》から彼女の異様に婀娜《あだ》めいた声が零れた。

「……あなたは優しいガルヴァン様のもとから、私を無理矢理連れ去った酷《ひど》い人……私は生まれ故郷で幸せに育った……酷いことなんてされていない……その嘘《うそ》を、最後まで真実だと思ってもいい……？」

その嘘は、テオルードが流布《るふ》させて、ラドフォール伯爵家が受諾《じゅだく》した真実だ。

「ああ」と答えてもう一度強く抱きしめてやると、メレディアはようやく激情を収めて落ち着いた。

「あなた……本当にルナは幸せなの？　一人で泣いたりしていない？」

「大丈夫だ。あの子はちゃんと大事にされている。なかなか会えなくて淋《さび》しいかもしれないが……どこにいてもルナは私ときみの娘だ」

「そう……そうね、あの子が幸せなら、私は淋しくても我慢するわ」

メレディアは顔を上げて幸福な少女のように微笑《ほほえ》んだ。

終章

「旦那様《だんなさま》……早く帰ってこないでしょうか……」

仕事で遠出したというヴォイドを待ちわび、ルナリアは毎日その言葉を繰《く》り返した。

ラドフォールでの天文学は無事に解禁され、天文学者達は再び伯爵家の観測所に集《つど》っている。ヴォイドの豹変《ひょうへん》ぶりに恐れ戦《おのの》いていた使用人達は未《いま》だ恐怖《きょうふ》が冷めやらぬものの、ルナリアが笑顔でいることに安堵《あんど》の様子を見せた。ひとまずラドフォール伯爵家には以前と同じ平穏《へいおん》な日常が戻ったということだ。

アストラス博士《はかせ》は数日屋敷に逗留《とうりゅう》していたが、弟子《でし》のシグを連れて再び旅に出た。時々手紙をよこすと約束してくれたのがルナリアは嬉《うれ》しかった。

ヴォイドの留守中、一つだけ起こった出来事といえば、ホセという名の男がルナリアを訪ねてきたことだった。以前街へ出た時、ルナリアを母と間違えて許しを請《こ》うてきた男だった。青い顔で跪《ひざまず》く男を見て、ルナリアは結局何も聞かず、ただホセを許すことにした。ホセは肩の荷が下りたように泣きながら屋敷を後にした。

彼の後姿を見送って、ルナリアは何故《なぜ》か無性にヴォイドに会いたくなった。思い切り甘えて安心したい……。一緒にいるだけであんなに安心できる人も、あんなにドキドキできる人も、他には存在しない。早く帰ってこないかと毎日毎日待ち焦《こ》がれる。

そして十日後の夜、観測所で作業をしていたルナリアは、雪が降ってきたため作業を中止して屋敷へ戻ることにした。復職を許された使用人のトーヤに馬を引いてもらい、雪の降る中カッポカッポと屋敷へ向かう。

屋敷が目の前に見えたところで、玄関の前に馬車が停《と》まっていることに気がついた。

「旦那様!?」

ルナリアはぱっと顔を輝《かがや》かせる。

うっかり身を乗り出し、勢いで馬の腹を蹴《け》っ飛ばした。

ブヒヒーンと嘶《いなな》き、馬は使用人を振り切って走り出す。

「きゃあああ！」

悲鳴を上げるルナリアを乗せて、馬は馬車の手前で急停止した。

「お前、何をやってるんだ」

帰宅したばかりのヴォイドが慌《あわ》てて駆《か》け寄り、馬から半分落ちかけた格好でしがみついているルナリアを抱き上げた。

「お帰りなさい、旦那様。お会いしたかったです」

ルナリアが久方ぶりの夫にはぐっと抱きつき、ほわほわと笑いかけると、ヴォイドはやや渋《しぶ》い顔になった。どうも彼は照れている時にも渋面《じゅうめん》や不機嫌顔《ふきげんがお》になるらしいと、最近分かってきたルナリアだった。

「ただいま」

と彼は短く答えた。ルナリアはヴォイドにしがみついたまま、鮮《あざ》やかに頬《ほお》を染めて嬉しげに話し始める。

「旦那様、今日は五つも流れ星を見ました。一つは止まっている流れ星だったんですよ。ぴかぴか光っていた星が突然消えるんです。流れ星が、私に向かって直進してきたということなんですよ。だから止まっている流れ星なんです」

ヴォイドは話し続けるルナリアを抱いたまま、屋敷の中へ入った。玄関ホールで出迎えた使用人達は、二人の様子をほっとした顔で見守っていた。

ヴォイドはそのままルナリアを自分の部屋まで運び、扉《とびら》の前で下ろした。ルナリアはヴォイドのいない間に観測した星の話をしながら、深い考えもなく夫の後に続いて部屋に入っていた。しばらく説明を続け、切りのいいところで話を終える。

「ええと……では、おやすみなさい」

そう言って扉を開け、出ようとしたところでぱっと手をつかまれ驚《おどろ》いた。

「ああ、悪い……もう少しここにいてほしいと思っただけだ」

伏《ふ》し目がちに言われてルナリアは息を詰《つ》め、しばし固まった後にぱたんと扉を閉めた。扉の手前で頬を赤くしているルナリアを見て、ヴォイドはゆっくり手を放した。

「……着替《きが》えを……手伝った方がいいと思って……。実家では、お父様の着替えを手伝うのはお母様の仕事でしたから……」

ルナリアは言い訳するように呟《つぶや》いた。

「……なら頼《たの》む」

そう言われて、ルナリアはヴォイドの服に手を伸《の》ばす。普通のことなのに恥《は》ずかしいことをしている気がして胸の鼓動《こどう》が速まった。

コートを脱《ぬ》がせて、ジャケットを脱がせて、タイを解《ほど》いて、シャツのボタンを半分外して……そこで覗《のぞ》いた鎖骨《さこつ》のほくろに視線を止めてしまう。じいっと見つめ、ほとんど無意識で人差し指を伸ばしてそのほくろに、つ……と触《さわ》っていた。

「おい」

と、やや腹に力の入った声で言われ、手首をがしっとつかまれた。

「あ……ごめんなさい」

ぱっと顔を上げると真正面から視線がかち合う。しばし目を見交《みか》わし……

「あの、旦那様……体に触ってもいいですか？」

　思わずルナリアは聞いていた。ヴォイドは大きく目を見開いて驚きを示し、いささか難しい顔になった。

「……こんなものに触ってどうする」

「え、だって……私は旦那様の研究家なのに、旦那様の体のことは一つも知らないので……だから知りたいんです。全然知らないと好きになれないですし……」

「……体をか？」

「体をです。……ダメですか？」

　言いながら、自分の心臓の鼓動がまるで風邪《かぜ》を引いた時みたいだと思った。

　ヴォイドは真顔でかなり長いこと黙《だま》り込み、

「……駄目《だめ》じゃないが、引き返せなくなる」

　絞《しぼ》り出すように言った。

「っ……大丈夫です。今日は……雪が降っていますから……」

　何だか理由になっているのかいないのか分からない言葉が、口から出てきた。

　するとヴォイドは「そうか」と呟いて、突然ルナリアを抱き上げた。

　驚くルナリアを横抱きで寝室《しんしつ》まで運び、ベッドの上に下ろす。

「分かっていないわけでも関心がないわけでもないんだよな？」

確認《かくにん》されるように問われてルナリアは頷《うなず》いた。片方の足を床に下ろして半分ベッドに座っているヴォイドにそっと手を伸ばし、シャツの残りのボタンを外す。現れた胸板をじっと見つめ、そっと手を這《は》わせた。自分の体と全然違う……何だろう……肉の質が硬い？　真剣《しんけん》な顔で体のあちこちに手を滑《すべ》らせ、腹の薄皮《うすかわ》をふにふにつまんでいると、ヴォイドは突然ルナリアを抱《だ》き寄せた。

「……もういいか？　一方的に触られるのもな……」

「あ、そうですね。では……旦那様も私に触ってくださっていいですが……」

「……そうさせてもらう」

ヴォイドはルナリアを腕の中に閉じ込めたまま、驚くほど慎重《しんちょう》な手つきで背中のボタンを外してゆく。お互《たが》いの服を脱がせ合うなんて何だか変な感じだ……そう思うと、病気かというくらいに鼓動が速まった。座っているだけなのに、人間の鼓動はこんなに速くなってしまうものなのだろうか……？

「あの、旦那様……私、すごく緊張《きんちょう》しているみたいです」

「そうか、奇遇《きぐう》だな。私もだ」

率直《そっちょく》に答えられてルナリアの頰に朱《しゅ》が散った。

「あの、あの……ええと……私、胸に詰め物をしているので、服を脱いだら旦那様はがっかりするかも……いえ、旦那様が胸の大きくない女性の方が好みだということは聞きましたが……でも……」

そこまで言ったところでルナリアはヴォイドに唇を塞《ふさ》がれた。びっくりして固まっていると、段々と角度を変えては柔《やわ》らかな動きで幾度《いくど》も食《は》まれ、自分が少しずつ食べられてゆくような感覚になる。ルナリアが思わず呼吸を止めていると、ヴォイドはそっと唇を離した。ようやく呼吸を再開したルナリアは、頭をぼんやりさせて乱れた息を吐《は》いた。

「頼むから少し集中させろ」

憮然《ぶぜん》たる様子でヴォイドは言った。焦点《しょうてん》を合わせると、目の前に驚くほど真剣なヴォイドの顔があった。たぶん少しも怖《こわ》がらせまいとしているのだ……それを感じてルナリアの口元は自然とほころぶ。

「何が可笑《おか》しい」

「……優《やさ》しくされて嬉しいなと思って……」

心のままに微笑むと、ヴォイドは目を細めてルナリアの頬を撫《な》でた。

「初めて会った時から思っていたが……お前の目は星空に似ているな。瞳《ひとみ》の色のせいなのか……？　光が反射して星みたいだ」

じっと見つめられて、ルナリアは初めて会った夜、この人に夜空の星を全部あげたい気持ちになったことを思い出した。

「……お好みなら……全部旦那様に差し上げます」

「……そうか……なら、もらっておく」

ヴォイドはそう言って、ルナリアのまぶたに唇をつけた。頰に……鼻先に……肩に……唇を触《ふ》れさせて、きつく身体を抱きしめる。ボタンの外されたルナリアの背中に、ひんやりとした大きな手が触れた。自分よりも少し低いヴォイドの体温を感じて、温かくしてあげたいなと思った。背中にそっと腕を回すと、ヴォイドは吐息《といき》まじりに言った。

「一生大事にする」

「はい……大事にしてください」

喜びに心を震《ふる》わせ、ルナリアは星のように輝く瞳を潤《うる》ませて、強く夫を抱きしめた。

あとがき

初めまして、こんにちは。宮野美嘉《みやのみか》と申します。

部屋で飼育中のぷりちーまんまる金魚を、日夜愛《め》でている広島県民でございます。

この度《たび》は「暴君との素敵な結婚生活」お手に取ってくださり、感謝感謝の大感謝！

この物語の主人公達にはモデルというか……目指したイメージがありまして、ずばり小公子《しょうこうし》のセドリックとドリンコート伯爵《はくしゃく》なのです！

どこがじゃーい！　という突《つ》っ込みが聞こえてきそうですね！

ほのぼのほんわかした話を書くぞー！　と思っていたはずなのに……何を間違《まちが》えたのか、何となくブラックな方向に進んでしまった気がするのは私の気のせいでしょうか？　気のせいに違いありません！　この話はほのぼのです！（必死）

短気で面倒《めんどう》くさい旦那様《だんなさま》が、マイペースで天文学狂《きょう》な奥様にメロメロになる——という物語、気に入っていただけたら嬉《うれ》しいなあと思う限りでございます。

夢に邁進《まいしん》する女の子は何て素敵なのでしょう！　面倒くさがりで頑張《がんば》ることが苦手なわたくしは、そういう人に憧《あこが》れます。時々、遊ぶことも出掛《でか》けることも本を読むこともテレビを見ることもゆっくり眠《ねむ》ることものんびり食べることもしないで、ただ小説を書くためだけに生きる生き物になりたい……なんて思いますが、そんな生活は数日しか続かないのですよ。ああ、怠惰《たいだ》……趣味《しゅみ》に興じて、テレビを見ながらご飯を食べて、八時間ぐっすり寝《ね》てしまう……生きるって楽しい！

そんな作者の夢を託《たく》された天文学狂の奥様が、なんかいろいろ頑張ってます！

ところで皆様、星はお好きですかー？　私は好きでーす。昔から空を見上げるのが好きでした。公園の真ん中でぼけーっと星空を見上げていると、宇宙に浮《う》かんでいる気がして素敵です。人は案外お手軽に宇宙へ行けるということですね。

そんな思いから天文学者の主人公が生まれたわけですが……なんとなーく嫌な予感はしていました。蓋《ふた》を開けてみたらやっぱりね！　天文学むっず……

専門用語と難解な式の嵐《あらし》！　いくら調べたところで本文中には少ししか書けないというのに……なんか色々もったいない……せっかくだからもっと天文学要素入れればよかったかな……いやいやこれは一応恋愛小説だから！　そんなこんなで入れるのを断念したエピソードもございます。望遠鏡で観測した星を記録するために描《か》いたルナリアの絵が超上手《ちょううま》いとか……みんなで初めての天体写真に挑戦《ちょうせん》とか……

ついでに、大型望遠鏡の受注生産を一か月でこなすのは無理っぽいので、たぶんあれはどこか別の場所に設置するために作ったものが流れてきたのだと思います。

そして一番の問題は主人公の両親ですよ。やたらと力を注いでしまった結果、書き始めた時に予定していた話とは全く違う話になってしまったじゃありませんか！　でもいいんです。作者のオッサンラブと童顔美女ラブが爆発《ばくはつ》したこの脇役《わきやく》二人のことが、私は愛《いと》しくて仕方ないのですから！　主人公達と同じくらいに愛情を注いだと言っても過言ではないでしょう！

まったく……自分の書いた登場人物への愛情を、なにゆえここまでだだもれにしてしまうのか……。毎度毎度親馬鹿《おやばか》だなあと思う次第《しだい》です。

ううむ……理由はたぶん、自分が愛しいと思えない登場人物の活躍《かつやく》する物語を読むために、皆様の貴重なお金と時間を費やしてください――と言えるほどの度胸を私が持ち合わせていないからなんでしょうねえ。

この子達は私の愛しい自慢《じまん》の子です！　そう明言するのは読者の皆様に対する私の責務。これからも親馬鹿を貫《つらぬ》きますです、れっつごー！

え——……話は変わりますが、皆様は花粉の脅威《きょうい》に晒《さら》されたことがおありですか？　春は恐怖《きょうふ》の花粉が襲《おそ》い掛かってくる季節です！　あいあむ花粉症《かふんしょう》！　くしゃみと鼻水と目のかゆみが止まらなくて、夜には鼻がつまり呼吸が苦しくて寝られなくなるという恐怖の花粉症！

数日前から気配を感じ始めましたよ、今年も来るのか花粉症！

病院でもらった薬もあまり効かないのですよ（色んな意味で涙）

数年前までなりをひそめていたのに、大掃除《おおそうじ》のホコリがきっかけで再発してしまいました。花粉に敏感《びんかん》な世の皆様、大掃除をする時期には気をつけてください！

では最後にお礼を申し上げます。愛すべき家族のみんな、寛大《かんだい》なる担当様、力を尽《つ》くしてくださる関係者の皆様、溜《た》め息が出るほど綺麗《きれい》なイラストを描いてくださった高星麻子《たかぼしあさこ》先生、そしてこの本を読んでくださった皆様、本当にありがとうございます。

この物語の登場人物は、みんな私の可愛《かわい》い子供達です。今後もほのぼのと幸せに暮らしていくであろう彼らを、どうぞ可愛がってやってくださいませ。

宮野美嘉

♡本書のご感想をお寄せください♡

〒101－8001　東京都千代田区一ツ橋二－三－一
小学館ルルル文庫編集部　気付
宮野美嘉先生
高星麻子先生

小学館ルルル文庫

暴君との素敵な結婚生活

2015年 4月29日　初版第1刷発行

著者　宮野美嘉

発行人　丸澤 滋

責任編集　大枝倫子

編集　大枝倫子

編集協力　株式会社桜雲社

発行所　株式会社小学館
〒101-8001　東京都千代田区一ツ橋2-3-1
編集　03(3230)5455　販売　03(5281)3556

印刷所
製本所　凸版印刷株式会社

ISBN978-4-09-452300-3

ルルル文庫
大好評発売中!!
天才呪い師の暴言は、世界一甘い口説き文句!?
はた迷惑な無表情青年と、出世第一少女の
すれ違いラブ♡ファンタジー!
王宮仕えの呪い師になったエレインの任務は、天才・変人・無表情で有名なラキスヴァデリの補佐。性格は最悪だけど特別な才能を持つラキスを踏み台にして、出世しようと決意したものの「エレインは抜けていて、かわいいね」という彼の暴言が、やがて甘い口説き文句に聞こえ始めて動揺するエレイン。そんなある日「愛する人の記憶を奪う」蛇が王宮に出現して…!?
王宮呪《まじな》い師の最悪な求婚
宮野美嘉 Mika Miyano
イラスト*くまの柚子

ルルル文庫
大好評発売中!!
政略結婚で結ばれた、嘘つきな夫と
動じない花嫁の、不器用でとびきり甘い
刺激的新婚生活!?
メイズ男爵家の次女、アシュリーの縁談が決まった。相手は伯爵家当主で、実業家のロイ。「末永く仲良くしてくださいませ」「それは出来ないな」——極上の嘘笑顔で妻を拒絶する夫、夫の心を引きずり出そうと夫婦ごっこを持ちかける妻。5人の子供とともに始まった奇妙な新婚生活はやがて、ヒトクセある‘警部’に‘叔父’に‘美女’に家庭教師も絡む、スリリングで刺激的な展開を見せて?
不実な夫の愛し方
宮野美嘉 Mika Miyano
イラスト＊結賀さとる